Jean d'Ormesson

de l'Académie française

Du côté
de chez Jean

Gallimard

A D-D. C.

Et à la brune
comme à la blonde

En hommage ambigu

I

DE MA BÊTISE

Cet homme était si intelligent qu'il n'était plus bon à rien dans ce monde.

Georg-Chr. Lichtenberg.

Ma stupidité m'atterre. Je m'en consolerais aisément si j'étais très beau ou très riche. Mais d'une allure médiocre et d'une fortune moyenne, je m'inquiète de me sentir en outre incapable d'être Dante, Aristote ou saint Paul. Ce n'est pas que j'attache une importance particulière à fonder des religions ou à écrire des métaphysiques. Se promener en yacht ou ne rien faire me semble infiniment plus plaisant. Mais il faut bien tenter, d'une façon ou d'une autre, de se distinguer de ses pareils. Rien n'est plus ennuyeux que l'anonymat lorsqu'il n'est pas volontaire ; mener la vie de tout le monde est évidemment insupportable. La beauté, la richesse, la gloire sont, pour ceux qui en jouissent, les moyens les plus sûrs d'en mener une très différente. Elles ne sont peut-être rien en elles-mêmes ; je veux bien croire les sages et n'y voir que des hochets et la vanité des vanités. Qu'on me permette de les préférer cependant à la vie de bureau, à la crasse obscure, aux disgrâces physiques et aux fins de mois difficiles. Non, je ne mets pas en doute que l'argent, la bonne mine et la célébrité ne soient autant de promesses de bonheur.

Les activités de l'esprit leur sont de beaucoup inférieures dans la conduite de la vie. Elles mènent sans doute parfois aux sommets de la fortune, mais il faut souvent que la chance, l'amour ou l'intrigue viennent les aider de leur éclat. Seuls et livrés à eux-mêmes, l'intelligence et le talent font plutôt figure de parents pauvres et un peu benêts. Je ne crois pas utile d'aligner les exemples ; il est de notoriété publique que les inventeurs, les poètes et les musiciens meurent ruinés et tristes, surtout quand ils ont du génie ; les bouchers, les escrocs, les maquereaux et les importants, riches et considérés. Je pose en principe qu'il faut être stupide pour mettre l'intelligence au-dessus d'un compte en banque ou d'un joli minois. Les intellectuels sont de bien braves gens pour préférer les *Prolégomènes* à une croisière en Méditerranée et Jean de Meung à une vingt-six chevaux. On finit par se demander si c'est du dévouement, de la sottise ou de l'incapacité. Le peuple, lui, a compris, qui acclame Brigitte Bardot et connaît Rockefeller, mais ne fait guère de différence entre le Collège de France et celui de Montluçon.

Sur un point précis pourtant, l'intelligence prend sa revanche : c'est qu'elle permet les illusions que ne tolèrent ni l'argent ni la gloire ni la beauté. La pauvreté, l'obscurité et la laideur ne se laissent pas longtemps ignorer ; il n'existe pas pour l'esprit d'équivalent des dettes ou des miroirs. On poursuit le débiteur qui doit vingt mille francs à son tailleur, on enferme le maniaque qui se prend pour Lindbergh et les femmes coûtent plus cher au laideron qu'à Gary Cooper ; les crétins, eux, sévissent impunément. Il est plus difficile de prouver à quelqu'un sa bêtise que sa misère. Les illusions sur l'intelligence se conservent sans trop de peine. Rien n'est plus aisé à feindre que la subtilité. Il ne manque pas d'imbéciles pour mourir contents et persuadés de leur valeur. C'est ce qui explique qu'il y ait plus d'individus pour se prétendre intelligents que pour se dire beaux, richés ou célèbres.

Ni beau ni vilain, ni riche ni pauvre et connu de cinq cents personnes sur un total de deux mil-

liards sept cent quatre-vingt-quinze millions [1], il
ne me restait d'évidence, poussé par l'ambition, la
paresse et la tradition, qu'à me jeter à corps
perdu, pour donner quelque éclat à ma vie, dans
ces activités de l'esprit que je méprisais plutôt.
Longtemps, je n'ai mis ma confiance que dans le
génie. Je ne m'imaginais point en avoir, mais je
me croyais chaque jour à la veille d'en acquérir.
Je feignais de m'intéresser exclusivement à l'existence de Dieu ou aux fins dernières de l'homme.
Cela m'ennuyait à périr, mais cela me faisait vivre
d'ivresse et d'espoirs chimériques. Il arrive pourtant un moment où, pour un esprit un peu lucide
et relativement honnête, les illusions et le mensonge ne tiennent plus contre la marée méchante
des faits : je n'ai pas de génie. Je suis idiot.

Idiot, c'est beaucoup dire, mais de cette intelligence stupide, tout juste bonne à se juger. Ah, les
braves âmes qui ont inventé, pour me consoler,
l'adage des honnêtes crétins : on n'est jamais très
bête quand on sait qu'on l'est. Je jure que je ne
fais pas l'âne pour avoir du foin : je m'estime peu.

César pleurait en lisant la vie d'Alexandre. Je
passais en revue à douze ans, à l'article Beaux-
Arts du Petit Larousse illustré, les branches de
ma nullité : je ne connais rien à la musique, rien à

---

1. Chiffres de 1957.

la sculpture, rien à l'architecture, rien à l'élo-
quence, rien à la chorégraphie... Je n'ai pas
inventé en secret, entre sept et quinze ans, une de
ces machines attendrissantes qui précèdent les
grandes choses. Je n'ai ni dons d'imitation, ni le
génie des affaires, ni ces emportements qui présa-
gent le tribun, le sorcier ou le tyran. Et je ne sais
ni le chinois, ni l'arabe, ni le hongrois.

L'absence de moyens, de talents, de succès
annonce parfois le grand homme. Cela me permettait d'espérer. J'ai déjà parlé en deux pages de
César et d'Alexandre, je ne cesse de penser à
Alcibiade ; j'hésite maintenant à citer Démos-
thène qui avait de la bouillie dans la bouche avant
de devoir l'éternité à la perfection de sa parole.
Avoir été un cancre constitue même depuis quelques années une condition presque indispensable
pour aspirer à la gloire. Giraudoux devait avouer
comme une chose stupéfiante et un peu honteuse
ses succès en thème allemand ou en histoire
ancienne. Je doute qu'Hemingway ait jamais lu
Eschyle dans le texte. Hélas ! Je n'étais même pas
le dernier de ma classe. J'étais bête, mais j'étais le
premier. Bourgeois, mesquin, flanqué d'une insti-
tutrice, je luttais pour le prix d'excellence — non
pas avec Giraudoux — mais avec un futur
inspecteur des Ponts et Chaussées et un futur
breveté de l'École de Guerre. Notre génie à nous,

pendant ce temps-là, celui qui avait fondé une
revue et qui allait écrire un roman à dix-neuf ans
et manquer de peu le Goncourt, se promenait le
long de la Seine en mangeant des cerises avec des
copains. C'est lui qui avait raison.

Au moins ai-je vite compris, du fond même de
ma savante bêtise, que décliner *rosa* (j'y excellais)
était peu de chose auprès de sauter le mur pour
s'enfoncer dans l'aventure et participer à ces
prodigieuses expéditions nocturnes qui me fasci-
naient secrètement. Pendant que je remportais
tous les prix, je n'enviais que les derniers de la
classe dont seule l'estime m'importait. Voir le
monde et en jouir me sembla bientôt plus important que le comprendre. Il m'apparaissait, en un
éclair, qu'il était plus utile, pour devenir Alcibiade, d'arracher les plaques des rues et de savoir
par cœur les répliques du *Jour se lève* ou des *Enfants
terribles* que d'ânonner Cicéron. Il me fallait
apprendre à couper les queues des chiens. Mais
j'avais peur, j'étais lâche, j'étais bête. Je faisais
des thèmes par paresse et par crainte. Je sus assez
vite que les motifs des bonnes actions, ce sont
souvent des vices médiocres. J'allais au Concours
général parce que je craignais les pions. J'étais
imbattable en histoire ancienne parce que je
n'apprenais pas à vivre. J'étais le premier de ma
classe : c'était sinistre.

Il ne me reste guère de ces études que le souvenir de louanges, un esprit critique désolant, une orthographe de tout premier ordre et une assez vive horreur pour les travaux d'érudition et la recherche des sources. J'avais un certain goût pour Sophocle, pour Virgile et pour la vie de Sylla ; mais il se heurtait sans cesse à une curiosité égale pour tous les agréments de l'existence et à un sentiment uniforme de la vanité de tous les efforts. Il fallait m'ennuyer trop pour atteindre à ces hauts lieux de l'esprit où l'on parvient difficilement. Mon premier mouvement vers la paresse, vers le Luxembourg sous le soleil et vers les films de Jean Gabin s'unit fâcheusement à mes réflexions naissantes sur l'inutilité des choses. Ma résolution fut vite prise sur ce point : je renonçai aux fastes de Rome par antipathie pour l'épigraphie et aux classiques grecs par ignorance de leur syntaxe. C'était aller un peu vite et céder trop aisément. Il faut être franc : ces réformes me limitèrent singulièrement. Il ne me restait, comme à tout le monde, que le bridge, un peu de tennis, les tables tournantes, les magazines illustrés, quelques soucis d'argent et les conversations d'après-dîner où — pourquoi le cacher ? — il m'arrivait de briller. L'honnêteté la plus élémentaire oblige à le reconnaître : très jeune, un grand vide avait remplacé ma vie.

Je commençai alors à tourner en rond dans le monde pour déterminer avec précision ce qui me paraissait digne d'intérêt. J'avais refusé de me limiter pour que rien ne m'échappe ; mais ce refus des limites n'élargissait qu'un néant. J'étais dépourvu de toute vocation, mais pourri de bonne volonté ; et je continuais à nourrir, malgré ma paresse et ma légèreté, une nostalgie perpétuelle de tous les secrets de l'univers. Je me mis à poursuivre ma vie, sous une indifférence apparente, avec beaucoup d'ardeur et avec un peu d'angoisse. Je regardais de tous les côtés comment s'édifiaient les destins. Ma bêtise appliquée, un certain goût aussi du changement et des nouveautés me faisaient rechercher tour à tour les salonards, les explorateurs, les sportifs, les journalistes, les drogués, les escrocs et les chanteurs de charme. J'espérais toujours trouver dans le premier imbécile venu le héros du monde moderne et mon guide dans la vie. J'avais été idiot dans mon enfance par application, je devenais idiot dans ma jeunesse par dissipation. J'en venais à rêver d'une enfance turbulente, de ces mauvaises farces que je n'avais pas osé commettre, de fugues vite pardonnées, suivies enfin, après le service militaire et jusqu'à la mort, d'une vie digne et sévère dans une garnison de province ou derrière le guichet d'une grande banque. J'avais été l'enfant sage

avant d'être le jeune homme prodigue. Il fallait
des cadres à ma vie vacillante : je lâchais les
chanteurs de charme, je me mettais à fréquenter,
le cœur battant, les militaires, plein d'espoir, les
hommes d'affaires.

Cette nouvelle phase durait peu, naturellement
— quoi de plus sot qu'un général, de plus
méprisable que la Banque, de plus ennuyeux que
les hommes d'affaires ? — et je recommençais à
traîner à la recherche d'un havre, d'un point fixe,
à la recherche du sol. Il me fallait trouver à tout
prix ce que j'allais devenir. En quête de modèles
et de modes d'emploi du monde, je voyais passer,
de temps en temps, au hasard de mes démarches,
de ces êtres intelligents et beaux pour qui fut
inventée la langue des fables et des contes de fées
et qui unissent à la science de l'existence une
connaissance parfaite de Racine et de Rembrandt, à l'audace, au succès, au goût de vivre,
une habileté démoniaque à se jouer des problèmes
et à tout comprendre. Ils sont rares. Je les enviais.
C'est eux que j'aurais voulu être. Je les interro-
geais naïvement pour connaître leurs secrets. Je
m'attachais moins à ce qu'ils faisaient qu'à leur
manière de le faire. Il y a une certaine façon
d'être, une façon indéfinissable de parler et de se
tenir, une certaine indifférence, une certaine insolence, une certaine passion aussi, qui m'ont

toujours fasciné. Quelques grands souvenirs de
ma vie sont mes rencontres avec certains des
hommes qui me paraissaient ainsi au-dessus des
autres, et dont les autres, précisément, ne semblaient pas comprendre la grandeur ; car ils
n'étaient en général ni professeurs à la Sorbonne,
ni surréalistes, ni colonels, ni députés. (Tout cela
ne s'oppose plus et, puisque le temps passe, se
retrouve dans le même sac.) Leur mépris me
bouleversait, leur silence même m'était insupportable et je cherchais en vain le moyen de me
hausser jusqu'à eux. Mais j'étais bête.

La bêtise, malgré mainte formule, ne pèse pas
très lourd. Il est aisé de vivre avec elle. Je trouve
même un secret plaisir, en parlant de l'intelligence des autres, à supputer tous les ennuis
qu'elle doit leur procurer. Je me serais donc
trouvé fort bien de ma situation si la perpétuelle
comparaison que je ne pouvais m'empêcher de
faire entre mes grands hommes et moi ne m'avait
enlevé le sommeil et presque empêché de vivre. Je
jouais perdant sur tous les tableaux. Je cumulais
la bêtise et l'insatisfaction. L'excuse de la bêtise
est proprement ce calme et cette sécurité qu'elle
accorde à ses zélateurs. L'expression d'*imbécile
heureux* m'a toujours paru extraordinairement
satisfaisante pour l'esprit. J'y vois comme un
échange légitime entre l'acquisition du repos et le

sacrifice de l'inquiétude. Être à la fois malheureux et stupide, c'est trop de malchance et trop d'injustice.

Ma vie, grossièrement dépeinte, se déroulait ainsi entre les deux tentations opposées de l'abrutissement et de l'appétit. Mais l'abrutissement n'était jamais béat, ni l'appétit soutenu par cette clarté qui en fait le signe des grandes choses. Je suis pour toujours marqué par cet amalgame fumeux ; et c'est un peu inquiétant pour mon bonheur comme pour mon talent.

Dans un éclair, parfois, je bénissais ce malheur subtil et qu'il est permis de juger futile et vain. « Mon moteur, me disais-je, est l'insatisfaction » ; et cette formule m'apaisait. Heureux, j'étais perdu : je sombrais dans le contentement. Cette incertitude que je ressentais, cette douleur sourde mais vive, sans doute était-elle risible ou honteuse à côté de tant de malheurs réels et vrais que je ne connaissais pas, la faim ou la torture ; du moins révélait-elle la vie, comme un miroir terni sur les lèvres d'un mourant.

Cette consolation était fort belle mais ne m'empêchait point de nager avec peine dans un brouillard sans honneur. Ma confusion d'esprit devenait prodigieuse. Je tournais littéralement en rond autour de formules alambiquées, je me creusais l'esprit à découvrir des fadaises et entre deux crises de somnolence je désespérais de

devenir jamais l'égal de ceux que j'admirais. Je
dormais pour oublier, je m'amusais à perdre mon
temps, pour tenter d'en gagner. Vingt fois j'es-
sayai, pour briser ce cercle infernal où j'étais
enfermé, de faire quelque chose, n'importe quoi,
mais... quoi? Il est extraordinairement facile de
dire aux enfants ou aux jeunes gens de « faire
quelque chose », de « devenir quelqu'un »; ils
m'ont toujours semblé avoir raison en répondant
quoi ou qui. J'en venais à penser que le hasard
seul avait façonné mes grands hommes. Cela me
consolait un peu et me permettait de dormir ou de
me vautrer dans ma bêtise en attendant une
divine surprise.

Parfois je me disais : « Faisons quelque chose
de simple et de grand » : un conte de fées, un
roman d'amour. Mais là tout me semblait dit, et
je ne me sentais pas de taille à apporter rien de
nouveau à l'ambition après Stendhal, à la jalousie
après Proust, à l'amour après Mme de La Fayette,
Pétrarque et Hemingway. Je ne faisais que rôder
dans des niches explorées par d'autres. Le plus
atroce était la lecture de certains livres sur
lesquels je tombais par hasard et que je lisais le
cœur battant : ils disaient précisément ce que
j'aurais voulu et pu dire. « Ils me l'ont pris »,
m'écriais-je. Mais quoi? Rien n'est à personne
avant que d'être visible et réel. Ces livres n'of-

fraicnt pas tous les marques du génie, mais je les admirais passionnément et avec une sorte de douleur. Je les apprenais par cœur, comme un faire-part de mon incapacité, comme la preuve déchirante à la fois de mon hébétude et de mes inspirations inutiles.

Lire me devenait trop pénible. Je m'en abstins. Je devins un curieux personnage qui apparaissait comme un sportif aux intellectuels, comme un rêveur aux sportifs, comme un bizarre aux mondains, comme un mondain aux sauvages. Je me traînais et mon esprit battait la campagne avec une fureur imbécile. Le seul besoin qui me restait était d'expliquer mon attitude. Pas à tout le monde, à mes grands hommes. L'envie me prenait de les attraper par la manche, de les entraîner dans un coin et de leur tenir un langage désespéré et véritablement un peu fou : « Vous me prenez pour un imbécile ; j'en suis un, en effet. Mais je lutte. Quelle lutte ! Quels efforts ! Quelles douleurs ! Ne me demandez pas contre qui ni comment je me bats. Je lutte contre le néant de ma propre bêtise avec les armes étranges du sommeil, de l'attente, du hasard. Je suis bête comme on est amoureux, par jeunesse et par inexpérience. Et j'aimerais tant ne pas être bête, qu'il me semble parfois que je ne le suis plus. » C'était naïf. Je leur demandais un encourage-

ment, quelques paroles, une main tendue comme
à un malade qui délire. Mais eux — par bêtise ?
— me donnaient des conseils et me posaient des
questions. « Faites ceci. Faites cela. Que faites-
vous ? Que voulez-vous faire ? » Ce que je faisais ?
Je dormais. Ce que je voulais faire ? Rien. Je ne
savais pas. Je bégayais trois ou quatre mots, je
maudissais l'univers et ma stupidité m'accablait à
nouveau.

Je sortais de ces entrevues, qui n'étaient pas
toutes fictives, la tête en feu, me ravageant de
reproches sanglants, et désespéré. Deux ou trois
de ces grands hommes ont droit à ma reconnais-
sance perpétuelle pour m'avoir regardé dans les
yeux en partant et m'avoir dit simplement qu'ils
espéraient beaucoup me revoir. Cette indifférence
polie me faisait moins mal qu'une aide dont je ne
savais que faire. Ceux-là m'ont compris, me
disais-je, ils ne me torturent pas de questions.
Ainsi, pour compliquer encore une situation ridicule, ceux qui voulaient me venir en aide dans la
nuit où je me débattais m'apparaissaient comme
des adversaires. L'indifférence seule me semblait
acceptable.

Un moment vint où je n'osai plus m'asseoir,
faire un mouvement, éternuer. *A quoi bon ?* me
disais-je, et ce mot fut ma devise. Il a ceci de
remarquable qu'il peut s'appliquer à tout. Seuls

l'envie de dormir ou des maux de dents insuppor-
tables me faisaient baisser pavillon. Contre tout le
reste, je disposais d'arguments. A quoi bon ? Lire,
faire quelque chose, s'amuser, gagner de l'argent,
à quoi bon ? Faire l'amour, monter à cheval, à
quoi bon ? Ranger sa table, dire merci, mettre une
cravate, à quoi bon ? Ah ! pensais-je, seule la
passion mérite qu'on prenne de la peine pour
elle : l'amour, la haine, la gloire... Mais je n'avais
plus de passions. Je ne vivais plus que par
habitude.

Je me souviens très distinctement de mes efforts
pour rapetisser une vie devenue trop grande pour
moi. Tant de choses à faire ! Tant de gens à voir !
Tant de livres à lire ! Que de temps perdu pour
rien ! Le mot inutile s'appliquait à toute chose
avec un bonheur si continuel que je m'imaginais
véritablement avoir trouvé une raison de vivre :
cette raison de vivre, c'était de renoncer à vivre. Il
faut peu d'eau, peu de nourriture, peu de vêtements pour subsister. Je ne voyais même plus de
motifs de mourir.

Cette dernière phrase m'inquiète par son
accent romantique, par son côté enfant du siècle.
Est-ce ma faute si elle est vraie et si c'est sa
suppression qui révélerait le souci de littérature ?
J'étais pris dans un engrenage qui ne remplaçait
pas les autres systèmes mais les minait de l'inté-

rieur. Il s'accommodait fort bien du cynisme bourgeois, de l'anarchisme, de la volupté ou du désespoir. Il faussait seulement les perspectives avec une délicatesse exquise. C'était comme ces écarts d'un millième de millimètre qui aboutissent, à la fin d'un calcul, au bout de cent ans ou de cent mille kilomètres, à des erreurs monstrueuses.

« Fausser », « erreurs », ces mots-là traduisent bien mal ce que je pensais et ce que je pense encore. Il n'y a rien à faire contre le mot d'ordre de l'inutilité. Personne ne pourra jamais prouver qu'il faut se raser, faire son salut, baiser la main des dames et poursuivre la vérité. Tout se réduit à des conventions mondaines et chacun sait comment on les traite aujourd'hui. Suis-je un monstre ? Je ne vois pas de différence entre la coutume du baise-main et, par exemple, la fraternité entre les hommes ou le salut de la patrie. Mais les beaux sentiments, me dira-t-on, le devoir, les convictions... Bien sûr, bien sûr ; mais ce ne sont que préjugés contre lesquels il faut lutter. Le sentiment de l'inutilité ne s'embarrasse pas pour si peu.

Mon *à quoi bon ?* m'apparaissait sous la forme d'une chiquenaude que je décochais de temps en temps au kaléidoscope dérisoire du monde. Hop ! et tout perdait son urgence. Dérisoire était aussi

un mot que j'aimais à utiliser. Il fermait la porte
aux raisonnements et les remplaçait par des
sarcasmes. Je me trouvais fort stupide, mais les
autres m'apparaissaient, en outre, méprisables à
force d'aveuglement.

D'effroyables mouvements tournants se succé-
daient dans ma tête. Enfin, l'idiot, l'imbécile, le
crétin, était-ce moi ou étaient-ce les autres?
C'était moi, sans aucun doute, puisque les autres
savaient — mais quoi? — parlaient — mais de
quoi? — avaient lu tous les livres — à quoi bon?
— et avaient construit des œuvres. Bah! C'étaient
des dupes qui croyaient encore aux choses. Je
voyais plus loin, plus profond et plus loin, jusqu'aux racines de l'inutilité.

Bref, je bouclais la boucle en restant imbécile et
en me croyant plus fort que les autres. Je devins le
type même du crétin qui accuse les autres de ne
rien comprendre. Je voyais les uns gagner de
l'argent, les autres écrire des chefs-d'œuvre, d'autres devenir des saints, d'autres sauver l'État, et je
restais dans mon coin, tout nu, béat, un peu
bilieux, à murmurer : « Les imbéciles ! »

Le fond de l'affaire, c'est que j'avais la manie
de l'absolu. Rien ne me paraissait jamais suffisamment ferme et certain : je ne voulais rien
entreprendre qui n'eût une justification totale ;
celles de la richesse, de l'art ou de la nation qui

contentent la plupart des hommes me semblaient
encore insuffisantes. Je souffrais de ne point
parvenir à mettre des étiquettes définitives sur les
choses et sur moi ; j'aspirais à la nécessité. La
liberté, c'est très joli, mais c'est épuisant. Je ne
voulais pas d'un monde où subsistaient des choix,
des remords et des compromis. Tout me paraissait également vain, si tout n'était pas assuré. Les
gens intelligents, les gens riches, les gens drôles,
ne me satisfaisaient point : je voulais connaître les
plus intelligents, les plus riches, les plus drôles. Il
me semblait qu'il devait y avoir un certain point
d'où les choses apparaissaient avec leur caractère
définitif. L'horizon m'était sans cesse encombré
par des sommets plus hauts que celui où je venais
d'atteindre. Je cherchais la clé de l'univers.

Je m'inquiétais, par exemple, à une époque où
il est de bon ton d'être catholique ou marxiste,
réactionnaire ou avancé, de trouver de bonnes
choses à droite, d'excellentes à gauche, d'estimer
des marxistes, alors que je suis né catholique et,
comble de la misère, de ne me satisfaire point des
progressistes chrétiens qui prennent un peu à
droite et un peu à gauche. Je me demandais s'il
fallait parler en vers ou en prose, si j'écrirais le
meilleur ouvrage du siècle, si l'Everest grandissait
vraiment chaque année comme on me l'avait
assuré et si la morale variait dans l'espace et dans

le temps. L'absence d'une réponse universelle à toutes les questions possibles ne me laissait point de repos ; j'y voyais le témoignage d'une inutilité fondamentale.

Il me devint difficile de continuer à vivre. Mes motifs d'agir fondaient comme neige au soleil. Mes *pourquoi ?* trottaient dans ma tête avec fureur ou langueur. J'enviais presque les tuberculeux, les prisonniers, les maniaques, ceux qui mènent de force une vie qu'ils n'ont guère à choisir. Heureusement, me disais-je, il faut dormir et manger. Voilà des choses qui ne se discutent pas. Tout le reste suppose des convictions, des principes et des vertus morales : je n'en ai point.

Mais je n'étais pas satisfait de ce vide où je me mouvais. Un certain appétit de la vie se conciliait mal en moi avec l'impossibilité d'en jouir. J'aimais la vie, mais c'était un amour malheureux. Pour parvenir à vivre heureux, je me mis à réfléchir sans crainte du ridicule aux problèmes les plus généraux. Je découvris que ce qui me faisait défaut, c'étaient les mots clés, les certitudes admirables, les cases où ranger les idées, l'ordre et le bon sens dont je manque d'une façon tout à fait désolante. Il me fallait construire mon univers. Je me mis à la recherche d'un système.

II

DE L'ESPRIT DE SYSTÈME

> *J'ai essayé plus d'une fois, comme tous mes amis, de m'enfermer dans un système pour y prêcher à mon aise... Mais un système est une espèce de damnation.*
>
> Baudelaire.

L'inconvénient des systèmes, c'est qu'il se trouve toujours quelqu'un pour révéler qu'ils sont faux. Descartes n'est pas encore mort que déjà Leibniz est né et les vérités qu'on a pris tant de peine à établir n'attendent jamais très longtemps avant d'être ridiculisées ou traînées dans la boue. Le soleil tourne autour de la terre, et puis, bientôt, c'est la terre qui tourne autour du soleil ; encore un peu de temps et l'on ne saura même plus lequel des deux astres tourne autour de l'autre. La lumière est faite de corpuscules ; point du tout, elle est faite d'ondes ; vous n'y êtes pas, tout le monde a raison. Il n'est pas nécessaire, je

pense, de parler des systèmes politiques qui
s'effondrent comme des châteaux de cartes, ni des
civilisations dont chacun sait aujourd'hui et
répète qu'elles sont mortelles. Les religions, elles,
durent un peu plus longtemps. Leurs fondateurs
se succèdent moins vite que les inventeurs, les
philosophes et les politiques, et là où ceux-ci
comptent par ans, ils comptent par siècles ou par
millénaires ; car il leur faut d'autres vertus et le
plus rare génie. Mais enfin, tout de même, en
moins de deux ou trois mille ans, Confucius,
Bouddha, Mahomet et Auguste Comte, pour ne
citer que ceux-là, et sans parler de leurs disciples,
de leurs adversaires, de leurs héritiers spirituels,
des dissidents et des fous, ont réussi à proposer un
certain nombre d'attitudes dont le moins qu'on
puisse dire est qu'elles s'opposent singulièrement.
Il ne manque pas de finauds pour affirmer qu'ils
se sont tous contentés de répéter la même chose :
qu'il faut aimer son voisin et ne pas lui prendre
son argent, ses cochons et sa vie. Cette façon de
raisonner en aplanissant les différences au lieu
d'exalter les oppositions m'a toujours paru mortellement ennuyeuse. Enfin, moi, je veux bien.
Mais alors, franchement, si c'est pour dire des
banalités, il me semble tout à fait inutile de fonder
une religion. Bref, que tous nos grands hommes se
soient contredits ou non, il me paraît difficile de

les prendre très au sérieux. Car même s'ils ont
tous dit la même chose, ils ont surtout recom-
mandé de se méfier comme de la peste des
contrefaçons. Et à voir la manière dont se traitent
les Juifs et les Musulmans, ou les Musulmans et
les Hindous, il semble que ce commandement-là
du moins soit soigneusement observé. La conclusion vient d'elle-même : ou les systèmes spirituels
sont d'accord entre eux, alors pourquoi s'entre-
déchire-t-on au nom de leurs principes ? ou ils se
contredisent les uns les autres, alors, franchement, pourquoi donner raison à celui-ci plutôt
qu'à celui-là ? Entre une cruauté absurde et une
gratuité évidente, le choix ne peut guère être sage.
Non, tout cela n'est qu'aimable fantaisie à moins
de choisir arbitrairement, ou par tradition, ou par
le cœur, ou par la foi, telle ou telle croyance plutôt
que telle ou telle autre. Alors, la raison se tait.
Mais on ne peut plus prouver qu'on a raison.

La fortune des systèmes ne vient donc pas de ce
qu'ils découvrent la vérité ; mais de ce qu'ils
donnent la paix de l'âme en la chloroformant de
la belle façon. C'était exactement ce qu'il me
fallait. J'en avais assez de traîner lamentablement
des idées inutiles et agitées. J'aurais voulu les
faire fructifier en les assagissant à la manière d'un
vieux rentier ou d'un père de famille. Il n'y avait
pas d'autre solution que de me forger des convic-

tions. Il ne s'agissait même pas de reconstruire l'univers pour l'éternité — je n'avais pas de telles ambitions — mais de m'édifier une petite bicoque qui tiendrait assez longtemps pour m'abriter des intempéries de l'esprit, calmer ses ardeurs et me protéger de ses excès. L'avantage des systèmes, c'est précisément qu'ils utilisent les idées comme les entomologistes traitent les papillons : ils les tuent pour mieux s'en servir ; il n'y a pas de meilleure façon de se défendre contre leur nuisance. Cela m'enchantait. Je me voyais déjà calme, sûr de moi et maître du monde. J'imaginais toutes mes idées folâtres, sagement rangées sur des bancs d'école ou des étagères de cuisine ; je me devinais esclave d'habitudes, de conditions et de postulats ; je m'apprêtais à réciter des règles et des catéchismes et à consulter des tables, des index et des instructions ; je me voyais menant une vie endiguée, bordée de toutes parts d'une double haie de défenses et d'obligations ; j'exultais. L'important, me disais-je sans rire, est de suivre soigneusement en toute occasion la ligne générale que l'on s'est tracée à soi-même et de n'oublier jamais, dans les moindres circonstances de la vie, que tout a un sens et qu'il y a un ordre des choses.

Le vertige qui me tenait cédait devant cette organisation du monde. Des pancartes se précipi-

teraient de partout au-devant de la moindre de
mes idées pour m'avertir de son danger ou de son
exactitude. Oui, je disposerais de tiroirs pour
classer toutes choses, d'étiquettes pour mettre les
prix, de balances pour les peser, de pierres de
touche pour distinguer le bien du mal, de machines à lire les pensées, de cartes pour reconnaître le
terrain, d'horaires pour n'être jamais en retard et
d'éprouvettes pour faire virer le tournesol. Je
n'étais plus perdu dans un monde inépuisable.
Un des mérites des systèmes, c'est de rétrécir
l'univers. On vous l'apporte compliqué, ils vous le
restituent simple. Mes idées ne m'affoleraient
plus. Elles deviendraient plus rares en se mettant
au garde-à-vous. Je me sentais déjà devenir
intelligent. Car être intelligent, me disais-je, c'est
moins avoir des idées que savoir s'en servir. Et
moins elles se font nombreuses, plus il est facile de
les manier.

Ainsi voguais-je de nouveau sur les flots de la
sérénité. Une vie calme, des idées en ordre, des
principes en toute chose : il me semblait que
s'ouvraient devant moi les portes d'un univers où
j'aurais enfin une place qui serait véritablement la
mienne. Je soupirais d'aise à la pensée de ce repos
et je regrettais le temps que j'avais passé à errer
en vain, la tête en feu, à la recherche d'un ordre et
d'une solution. Je sentais déjà mûrir en moi les

signes certains de l'apaisement et de la bonne conscience. Je me voyais devenir capable de traiter de crapules ceux qui ne penseraient pas comme moi. Toutes les choses inutiles se retireraient de ma vie. Je ferais le nécessaire et je renoncerais aux folies. Tous mes gestes auraient une signification et je mourrais heureux en ayant rempli une existence qui aurait eu un sens.

Mais le démon de la classification m'égarait par avance. Je jouissais de mes convictions avant même de les connaître. Il ne me restait qu'un détail à régler, et qui avait son importance : c'était le choix du système. Mais les progrès étaient sensibles. J'avais réussi à acquérir l'intolérance. Il ne restait plus qu'à trouver à quoi l'appliquer.

L'important, dans un système, c'est le point de départ. Le système lui-même en découle aisément d'après les lois de la cohérence. Je me mis à chercher à grand-peine sur quoi asseoir une vie. Les formules bien frappées, les citations grecques et latines, tout l'héritage d'individus bienveillants, indiscrets et agités qui voudraient à tout prix que vous vous connussiez vous-même et que vous devinssiez ce que vous êtes, vinrent m'encombrer l'esprit. Tous ces préceptes de grands hommes et de bonnes femmes se contredisaient la plupart du temps avec une redoutable allégresse, mais ces divergences ne m'inquiétaient guère car je savais qu'il suffit d'en adopter un pour que tous les autres se révèlent immédiatement d'une pauvreté affligeante et d'une criminelle inconscience. Je faisais mon profit de toutes les conversations, de toutes les réflexions, des almanachs de la sagesse populaire. Les livres sacrés de l'Inde furent une révélation ; je fus espérantiste durant quinze jours ; une vingtaine d'orateurs et de conférences me bouleversèrent successivement. J'allais les écouter, le soir en général, dans des salles de boxe, des cafés louches ou des hôtels particuliers. J'y rencontrais ceux qui, comme moi, cherchaient leur voie. C'étaient des gens très divers mais qui avaient ce point commun d'être tous la proie d'une idée fixe : les uns ne s'intéressaient qu'à la civilisation thibétaine, les autres aux tables tournantes, d'autres encore à la monarchie légitime ou aux bienfaits des pendules ou aux théories de Gobineau. Il y avait parmi eux un peintre d'une grande piété qui voulait à tout prix que le pape subît d'horribles supplices pour sauver l'humanité, une femme du monde qui avait la manie de l'éducation sexuelle et deux ou trois jeunes personnes qui avaient eu des malheurs et voulaient faire la révolution avant que la bombe à hydrogène ou ses variantes améliorées eussent fait sauter le monde.

Je ne retirai pas grand-chose de ces premiers efforts. Pendant huit jours, je fis tous les matins, au grand air, un quart d'heure de gymnastique suédoise, qui m'ennuyait mortellement, parce que je trouvais beau d'avoir une mens sana dans un corpore sano. Au bout de huit jours, je lus dans Hegel qu'il n'est rien d'impossible au pouvoir de l'esprit et je méprisai mon corps. Je notais dans un petit carnet les plus belles pensées de tous les penseurs du monde et je les lisais le soir dans mon lit et dans mes instants de découragement. Mais j'étais impuissant à découvrir le premier principe de tout.

L'existence de Dieu et les questions qu'elle pose parurent enfin me promettre ce levier universel que je cherchais, pour soulever le monde, dans tous les recoins de mon esprit et sous les plâtras de la métaphysique. C'était évidemment par là qu'il aurait fallu commencer. Je le dis très sérieusement : à quelle autre idée qu'à celle de Dieu est-il permis de s'attacher ? Je pensais découvrir sans trop de peine, grâce à elle, la clé de tout l'univers et un point de départ suffisamment ferme et inébranlable pour que rien ne pût prévaloir contre lui. Ce fut alors la période à laquelle je faisais allusion au début de ces pages et qu'on vit consacrée exclusivement au sens de la vie et au salut éternel. Cette attitude peu modeste m'of-

frait, outre des espoirs insensés, les plus flatteurs
avantages. J'avais trouvé le plus sûr des motifs de
vivre : celui de les chercher tous réunis en un seul
qui m'appelait à la vie, me commandait d'y rester
et m'en traçait les devoirs. Dieu est le meilleur des
systèmes parce qu'il est le plus tyrannique. L'idée
de n'attacher aucune importance à ce qui faisait
la trame quotidienne de mes jours était faite pour
me séduire. Tous les problèmes qui m'agitaient
étaient réduits à l'insignifiance et je gardais au
cœur, dans tous les gestes de ma vie, comme un
relent de certitude. Cela était bien agréable et je
ne craignais aucune des réponses possibles à des
interrogations sur l'être suprême. Affirmer son
existence rendait évidemment tout facile, sinon à
faire, du moins à concevoir : les choses n'avaient
qu'un sens et il n'y avait qu'à obéir à des
commandements numérotés et où il était en
somme assez facile de se reconnaître. Même la
conclusion inverse, celle qui était hostile à Dieu,
offrait encore des certitudes : que rien ne signifie
rien, c'est encore tout de même une conviction et
une seule c'est beaucoup, fût-ce celle du vide et de
la solitude. La seule attitude insupportable,
c'était celle de l'ignorance, mais maintenant que
je m'étais engagé dans cette quête de Dieu je ne la
craignais plus guère. Car une chose me frappait :
parmi les gens qui s'étaient occupés de Dieu, les

uns disaient que finalement, non, il n'existait pas ; les autres que si, que c'était évident, qu'il fallait être aveugle pour ne pas le voir ; mais bien peu hésitaient, reconnaissaient leur ignorance, avouaient qu'ils n'en savaient rien, suspendaient leur jugement, disaient : peut-être bien que oui, peut-être bien que non, qui sait ? soyons prudents. Et ceux qui répondaient non me paraissaient aussi sûrs de leur affaire, aussi solidement installés dans les certitudes inébranlables que ceux qui répondaient oui. Il me semblait qu'à se pencher sur ces affaires on était presque sûr d'en tirer avantage. Je me voyais asseoir mon existence sur une conviction invincible et je me préparais, avec une sérénité égale et soucieux de la vérité, à consacrer à Dieu seul une vie qui aurait un seul sens ou à chanter sur les ruines de la superstition les litanies de la raison ou les complaintes d'un désespoir qui aurait du moins sa justification dans l'abandon où je me trouverais.

Je pris l'air profond du métaphysicien de profession. Je me mis à camoufler ma vie, ses petits plaisirs, sa banalité charmante et les mouvements du cœur au profit de petites mécaniques soigneusement ajustées et pourvues de noms difficiles. Je vivais partout, sauf dans l'instant présent, ou alors je l'arrangeais de telle façon qu'une chatte y eût perdu ses petits. Je découvrais

des motifs aux choses, des significations aux
calembours et aux rêves, des abîmes dans les
contrepetteries, des trésors dans l'obscénité, des
révélations dans la conversation des concierges,
des maniaques, des obsédés sexuels, des clepto-
manes, des repris de justice, des pédérastes et des
saints. Je méprisai le talent pour ne m'intéresser
qu'au génie, dont les manifestations éclatantes
charment les foules qui seules comptent. On me
comprit difficilement, ce qui me valut la considé-
ration des gens. Je retournai dans ces locaux
puants et sales appelés bibliothèques où le jour
entrait difficilement mais où le savoir humain
était accumulé en cachets. Je me remis à l'étude, à
la lecture, non plus avec le désir de briller ou de
récolter des lauriers ou par amour de l'art, mais
avec la passion d'une vérité dont dépendait ma
vie. J'eus la bouche pleine de trois ou quatre
mystiques, de préférence allemands et totalement
inconnus, et je fondai beaucoup d'espoirs sur la
société future. Je construisis cinq ou six morales
nouvelles sur les débris ridicules de l'ancienne.
Bref, je cherchai Dieu.

Je ne tardai pas à m'apercevoir que c'était une
tâche difficile. Je trouvais beaucoup d'arguments
pour, beaucoup contre, sans compter ceux dont je
ne comprenais pas le sens. Au lieu de m'enfoncer
dans la certitude, je continuais lamentablement à

flotter dans l'indécision. Mon tempérament léger aidant, je me décourageai rapidement. Il me semblait que la vérité, si elle existait vraiment, devait éclater aux yeux et non se laisser construire avec patience comme ces bonheurs conjugaux qui ne viennent que de l'habitude. J'étais peut-être à la fois trop impatient et trop hésitant, mais l'envie me vint bientôt de laisser aux autres le soin, si j'ose dire, de régler son sort à Dieu. Mais je résistais encore, soucieux de penser ma vie.

Une circonstance accessoire et presque un peu ridicule m'aida à renoncer à cette tâche qui m'avait donné tant d'espoir. J'hésite à la rapporter, mais seuls les esprits superficiels la tiendront pour insignifiante. Je tiens beaucoup à mon bain, mais je le prends indifféremment le matin ou le soir. La pensée me vint que cette indifférence n'était pas le propre d'un esprit bien réglé. Il est indigne d'un homme qui cherche la vérité de laisser une place au hasard. Il est trop clair que tout, dans un système, se commande et se tient. Il me fallut comparer les mérites respectifs des bains matinal et vespéral. Cette enquête me frappa par sa ressemblance avec la quête plus vaste et noble que j'avais entreprise. Chaque thèse avait ses défenseurs, ses arguments, son faible et son fort. L'espoir d'une solution globale de tous les problèmes renaquit en moi, plus vif que jamais. J'en vins à

croire, par une espèce de symbolisation monstrueuse, que le problème du bain et le problème
de Dieu n'étaient que les deux faces d'un même
problème et qu'il me suffisait de trouver la
solution de l'un pour que celle de l'autre en suivît
nécessairement. Les choses se compliquèrent le
jour où, prenant mon bain (le matin ou le soir, je
ne m'en souviens plus), je pensai qu'il ne s'agissait pas seulement de choisir entre le matin et le
soir, mais entre l'eau chaude et froide, entre les
marques de savon, entre la douche et le bain,
entre la serviette et le peignoir. Il m'apparut qu'il
fallait déterminer le nombre de minutes minimum
entre le dernier repas et le bain, le nombre
maximum de plats à ingurgiter, la position du
corps dans la baignoire, la matière de celle-ci, la
durée du bain, la... Le vertige me prit. Il n'y a pas
de limite à la constitution des systèmes.

Cela me força à réfléchir. Même l'existence de
Dieu ne réglerait pas mes problèmes. Elle entraînait à sa suite toute une cascade d'hérésies, de
schismes, de cas de conscience, de débats entre
augustiniens et thomistes, entre intégristes et
modernistes, entre protestants et romains, entre
Pélage et Loyson. Un système n'est jamais
achevé. Et son perfectionnement perpétuel est
une tyrannie envahissante. Édifier un système
relève de la manie, au sens médical du mot.

Comme on voit des valétudinaires joncher leur vie de pilules, on voit des rêveurs aller de thèse en thèse et de doctrine en doctrine. Il n'y aura jamais de réponse à toutes les questions possibles. C'était la fin d'une illusion : il me faudrait vivre sans règles. Car des règles exigent une seule règle, et une seule règle, c'est impossible. Le monde m'apparut plein de hasard, d'imprévu, d'hostilité aux gallups, aux horoscopes, aux théologies et aux eschatologies. Allons, allons, me dis-je, qu'on foute la paix aux choses et au monde. Ils nous apportent déjà bien suffisamment d'ennuis pour qu'on n'aille pas à leur rencontre avec des manuels du parfait bricoleur, des horaires et des modes d'emploi.

Comme on peut s'en rendre compte, je changeais vite. Cela tenait moins à mes idées, peut-être, qu'à mon tempérament et à mes nerfs. De la soif de savoir à l'horreur de la pensée, du besoin d'ordre au besoin de désordre, la pente de mon individu et de mon caractère m'entraînait irrésistiblement. Si j'étais célèbre, si j'écrivais mes mémoires, je marquerais, dans des pages d'une beauté bouleversante, les différents pôles de mon esprit. Je me montrerais déchiré entre des familles spirituelles ; j'entendrais des appels et je nourrirais des vocations. Grâce à Dieu, je n'en suis pas là. Je suis un toton pris dans des contradictions.

J'aime ceci et je ne l'aime pas. Il y a trop de choses dans ce monde pour qu'on se décide pour l'une ou pour l'autre avant de les avoir toutes essayées.

Ce n'est évidemment pas par ce chemin que l'on parvient aux systèmes. Adopter un système, c'est refuser d'abord les autres. Cela est prodigieux de suffisance. Je n'oserais jamais dire aux gens qui prennent leur bain à midi que ce sont des imbéciles ; ni de ceux qui adorent le soleil qu'ils sont plus arriérés que ceux qui craignent les cornes du diable et les flammes de l'enfer. Au fond, tout me plaît et m'amuse, et j'aurais trop peur, en fixant définitivement mon bain à telle ou telle heure, de manquer des plaisirs rares ou des voluptés que je ne me consolerais jamais d'avoir laissé échapper.

Il ne restait plus grand-chose de mon esprit de système. C'est estimer bien hautement sa tranquillité d'esprit que de l'acheter au prix d'une vie d'ennui et d'esclavage. Et d'autant plus qu'il ne me semblait pas certain que la paix de l'esprit valût ses agitations. Alors ? Pourquoi des règles ? Qu'on nous laisse vivre à notre gré, sans défenses et sans injonctions. Qu'on ne nous explique pas pourquoi la terre tourne, ni l'origine du bien et du mal. Qu'on ne nous casse pas la tête ni les pieds avec des méthodes et des traités. Je me moque de savoir comment j'existe et pourquoi je meurs. Je n'aligne pas ma vie comme on trace une plate-bande. Le désordre me parut une belle chose.

III

DU DÉSORDRE
ET DE LA RÉVOLTE

Madame Butterfly et le tango chinois.
Aragon.

Le désordre, jadis, c'était de jouer, de s'amuser et d'avoir des maîtresses. Aujourd'hui, c'est de lire et de philosopher sans suite. Tout au plus d'être pédéraste. Le désordre est devenu triste. C'est un des événements les plus considérables de l'époque. Je me jetai donc en même temps dans le désordre et dans le désespoir. Certains blâmèrent ma légèreté. D'autres y virent encore la marque d'un esprit véritablement métaphysique et rongé par un besoin ardent d'absolu. Je laissai dire. Les interprétations ne m'intéressaient plus guère. Désormais je campais dans la vie sans m'y bâtir de demeure. L'architecture m'était devenue indifférente. L'architecte me semblait le contraire de

ce que je désirais devenir. J'étais plutôt un
bédouin de cafés, un targui un peu ivre, et je
dormais sous des tentes qui s'effondraient souvent
sur ma tête.

Cette vie errante et nomade m'apparut d'abord
facile. C'était assez simple. Il fallait d'abord être
contre d'une manière absolue et pour ainsi dire
métaphysique. Vous comprendrez tout de suite, si
vous avez eu la patience de me suivre jusqu'ici,
que cela était fait pour me plaire. D'abord, dire
non me permettait de me refuser aux explications
supplémentaires. Je disais non sans donner de
raison et cela me valait une estime supplémen-
taire pour ma force de caractère. J'en revenais,
par un subtil détour, à ma quête d'une doctrine :
de même qu'un système m'eût toujours permis de
dire oui à mes propres idées, je me contentais de
dire non à celles des autres. C'était le contraire,
mais la même chose.

Ensuite, c'était flatteur : dire oui, c'est un peu
bête, dire non, c'est sublime. Il se profile derrière
ces trois lettres tant de pureté et tant de violence
qu'elles semblent habitées d'un démon glacé,
bouleversant et sourd : c'était grisant. Toute la
poésie des révolutions, toute l'âpreté du péché,
oui, toute la dureté de l'amour (qui ne me
paraissait plus doux qu'aux yeux des romantiques
et des imbéciles) me semblaient réunies dans la

beauté du refus. Je refusais tout en bloc et je trouvais tout infect ou stupide. J'étais plutôt dur envers la création et extraordinairement moralisateur. Car j'ai oublié de dire que la révolte, aujourd'hui, était aussi devenue une morale.

Je me mis à vivre sans but, en crachant quand il ne fallait pas et en mettant un point d'honneur à remplacer les traditions par les mauvaises manières et l'hypocrisie par toutes les puretés. J'éprouvais un vif plaisir à condamner les gens. Au lieu de leur en vouloir, comme jadis, par impuissance et par envie, je les méprisais par indignation de les voir passer leur temps à accepter l'injustice, des invitations et des poignées de mains sales.

L'ordre, l'argent, l'expérience, les bonnes mœurs, l'éducation, la sainteté du mariage, les notaires et les avoués me paraissaient bons à mettre dans le même panier. C'étaient de vieilles lunes qu'on eût félicitées d'être seulement bêtes à pleurer : elles étaient en outre méchantes. La santé elle-même et le bonheur étaient entachés d'une facilité coupable et de médiocrité. Je sentais obscurément où étaient, non pas le bien et le mal, mais ce qu'il fallait haïr et ce qu'il fallait admirer. J'aimais ceux qu'une espèce de code du cœur et du langage faisait partager mes goûts. Je méprisais les lâches, les hypocrites et les bourgeois.

Un certain nombre d'imbéciles pouvaient tou-

jours nous accuser, mes amis d'alors et moi, de
ruiner la société et de nous ruer vers le désespoir
dans la confusion et la contradiction, on peut bien
imaginer que cela nous remplissait de joie. Nous
n'avions pas très envie de nous sauver dans la
bonne tradition et selon les règles établies. Je crois
bien, tout de même, que nous cherchions un salut,
mais propre. Et celui qu'on nous offrait était
toujours poussiéreux et souvent répugnant. Nous
étions des espèces de saints à qui aurait manqué
la charité.

J'étais sûrement contre les autres, contre ce
qu'on voulait me faire faire, contre une vie réglée
comme sous un long tunnel qui déboucherait sur
la mort, la retraite et la Légion d'honneur, contre
les petits cousins polytechniciens et les dîners de
famille ; ce que je ne vois pas très bien, ce sont
mes rapports avec moi-même. Arriver me semblait affreux. Je me rappelais le mot admirable :
« Bien sûr, il est arrivé, mais dans quel état ? » et
je me jurais de rester éloigné de ces endroits
ignobles où l'on prononce des discours et où l'on
achète les imbéciles. Mais je voulais faire de
grandes choses. C'était une idée fixe qui ne
m'avait pas abandonné. Elle se conciliait fort bien
avec ma conversion au désordre. On se fait
connaître plutôt plus vite en lançant une bombe

dans l'Institut qu'en y faisant une communication.

Ces grandes choses dont j'ignorais radicalement la nature me paraissaient liées étroitement à une certaine façon de vivre, qui était précisément le désordre. Elles commençaient dans des chambres d'hôtel que je vois encore d'ici, minuscules et pleines de tabac, dans des rues dont le nom seul me fait toujours battre le cœur, et où on luttait contre le sommeil pour parler plus longtemps de l'amour et de la révolution.

Je supplie de croire que je suis bien conscient de la banalité de ces images. Dois-je redire encore une fois que je ne suis pas très intelligent ? Mais quoi ! Je ne prêche pas coupable. Je crois qu'il vaut mieux dire ce qu'il y a, pour chacun de nous, de vraiment important, quitte à se répéter honteusement, que de se creuser la tête pour trouver des fadaises. Pour nous, ce qu'il y avait d'important, c'était de changer un monde qui ne nous offrait plus de justification. Nous ne songions pas un instant à le transformer par les armes ou par les lois — et ce n'est pas le ridicule qui nous aurait arrêtés, car si cela nous avait plu, nous n'eussions pas hésité un instant à vouloir devenir Annibal ou Périclès — mais nous voulions le faire éclater avec des idées. C'est à quoi la révolution, certaines formes de possession, l'art, la psychanalyse, l'al-

cool, une foi exacerbée, la drogue, la physique
mathématique et l'amour nous paraissaient les
plus propres.

Pour ne parler que de l'amour, parmi tous ces
moyens divers, nous n'aimions pas beaucoup les
femmes. Je l'ai dit, nous étions des saints. Ce que
nous aimions, c'était l'amour. Les femmes, c'était
un peu comme l'argent ; nous l'aimions et nous ne
l'aimions pas. Mais l'amour était de notre côté.
Les pédérastes résolvaient le problème de façon
particulièrement élégante, gardant de l'amour
toute sa violence et méprisant le vaudeville, les
grands boulevards 1900, et le Café Anglais. Les
autres devaient se défendre sans cesse contre la
main dans la main et l'abêtissement tendre. Il
fallait veiller à ne choisir que des filles farouches,
souvent rousses, un béret sur la tête, et en
imperméable.

Deux choses nous manquaient totalement :
l'humour et le sens du ridicule ; ce sont deux
faiblesses qui empêchent de se révolter. L'Angleterre, les jeux de mots, Flers et Caillavet nous
étaient profondément étrangers. Nous nous suici-
dions, il va sans dire, avec une facilité extrême. Je
crois bien que tous mes amis de cette époque-là
n'avaient renoncé à mourir que par paresse, par
distraction ou par négligence.

Le groupe, le clan jouaient un rôle important.

J'avais pour amis le musicien, le philosophe, le peintre qui, dans vingt ans, allaient être les plus grands de tous. C'était grisant. Nous jugions les imbéciles du haut de notre grandeur future. Nous n'aimions pas beaucoup le talent, le travail et le bon goût. Nous préférions l'inspiration, les accès de fièvre et les transes mystiques. Je crois que nous aurions renoncé aux grandes choses plutôt que de travailler : c'est bourgeois. Bourgeois, c'était évidemment l'injure suprême, celle qu'on aurait évitée au prix de sa vie même, ou de celle des autres. De temps en temps nous passions des nuits sur des problèmes qui nous torturaient. J'ai été heureux de retrouver un de ces problèmes formulé récemment, et aussi naïvement que par nous, par un professeur au Collège de France qui y répondait par la négative : Faut-il courir après un voleur poursuivi par la police ? Nous restions des heures là-dessus, parlant tous en même temps, prenant des exemples concrets, citant Descartes et Lénine qui n'avaient que faire dans cette histoire stupide, inventant des cas extraordinaires, mais toujours un peu hésitants dans les hypothèses les plus simples dont la seule formulation nous paraissait ridicule : le sac à main arraché à une vieille dame ou le litre de lait volé à une pauvre femme.

La morale en général nous inquiétait. Moralistes, nous l'étions éperdument, mais nous ne savions jamais quelle morale observer. Des bribes de morale chrétienne se mêlaient à celle de Nietzsche et la fidélité au prolétariat venait tout embrouiller. Ah! il n'était pas commode de vivre et vivre nous épuisait.

Nous détestions les gens qui vivent facilement. Cela doit s'entendre, bien sûr, du point de vue matériel d'abord; mais de tous les autres également. La fortune, la bonne santé, la bonne conscience, l'absence de problèmes, la foi du charbonnier, la simplicité d'âme : c'était pour nous le portrait de l'imbécile.

Nous traitions d'ailleurs les gens de crétins congénitaux avec une aisance sans pareille. Car pour l'intelligence, nous ne craignions personne. C'était charmant.

Voilà comment nous vivions, nous levant tard comme les bourgeois, nous couchant tard comme eux, mais préoccupés ni par l'argent, ni par les femmes, mais par l'avenir du monde, les idées pures et l'amour. Le désordre désormais est une métaphysique. Hegel et Braque ont remplacé Mimi Pinson dans la bohème d'aujourd'hui.

Je garde de ce désordre miraculeux qui nous promettait tant d'avenir un souvenir que n'efface-ront pas les leçons de l'histoire, de l'expérience et de la vie que nous méprisions si fort alors. Au

moment où je vais dire pourquoi, à son tour, le
désordre m'ennuie, je lui adresse un dernier clin
d'œil, un signe d'amitié ; pourvu qu'il me les
rende encore ! Je lui dois tant ! C'est lui, malgré
tout, qui m'a appris à mépriser les riches —
même en aimant l'argent —, le pouvoir — même
en le caressant —, les idées toutes faites — même
en m'en servant sans vergogne. Bien plus que le
besoin de savoir et que l'insatisfaction, plus même
que le refus de penser, il m'a appris à vivre et à
aimer la vie. Il a donné un sens plus plein à ce que
je vois et à ce que je fais, il m'a permis de rire des
autres et de moi-même, d'admirer ce qu'on
néglige et de mépriser ce qu'on admire. Si, pour
un certain nombre de raisons dont je tâcherai de
donner quelques-unes, je n'avais pas été contraint
de lui tourner le dos, c'est lui probablement qui,
de toutes les attitudes, m'aurait le plus satisfait.

Il est le seul, encore aujourd'hui, à me donner
le frisson qui accompagne les grandes choses chez
l'homme capable de les sentir. Comme la beauté
pour l'artiste ou la foi pour le croyant, le désordre
est mon élément. Je m'y sens heureux, à l'aise,
chez moi, point empêtré dans ces règles qui
stérilisent le grand homme stupéfié dans le proto-
cole et le comme il faut. Je m'étonne souvent de
voir des hommes d'ordre atteindre à des réussites
vraies. Ou plutôt, je ne m'en étonne point — les

gens sont si bêtes ! — mais je m'en console aisément. Alors que le destin des irréguliers me lancine et me point cruellement, il manque aux succès des hommes d'ordre cet éclat, ce venin, ce je ne sais quoi qui me fascine et m'éblouit. Il y a dans le désordre comme une promesse infinie, une marqueterie d'avenirs qui en fait le charme et le prix. On croit toujours — et souvent on se trompe — qu'il va en sortir n'importe quoi, des richesses incroyables, un destin fabuleux, le génie, un lapin.

Le désordre, c'est la jeunesse du monde. Il en a la fraîcheur, la naïveté, la profusion et l'amertume. Il manquera toujours à ceux qui ne l'ont pas connu ce goût du matin, cette ardeur, ces larmes amères et douces, qui font quelques-unes des délices de la vie.

Je menai ainsi quelque temps une vie sans base et qui vacillait dangereusement. Je jouais la règle du jeu avec la même frénésie que mettent les puritains à être chastes ou les imbéciles à être bêtes. Une espèce de doctrine du désordre s'élaborait dans ma tête. Elle finissait par présenter des exigences plus strictes que la loi la plus précise. Comme le code de l'honneur ordonne ou défend tel ou tel acte, elle mettait à son tour des différences entre les événements et les hommes. On en revenait, par un étrange détour, à ce qui se

fait et ne se fait pas, aux gens qu'on voit et qu'on
ne voit pas. On condamnait au nom du désordre !
Cela eût été admissible si l'on avait condamné
toutes choses en bloc, en disant non à tout. Mais
on disait oui à quelques-unes, en en établissant les
règles et en y reconnaissant des degrés et des
valeurs. Il y avait une hiérarchie du désordre.
Cette révélation me fut aussi douloureuse et
capitale que la découverte de l'impossibilité des
systèmes. S'il était interdit de vivre dans un ordre
parfait, il l'était également de vivre dans un
désordre absolu. On n'organise pas vraiment son
existence, mais on ne la désorganise pas non plus.
Il y aura toujours dans les bains une part, si
minuscule soit-elle, de hasard inexpugnable : un
degré de plus ou de moins, un savon plus ou
moins gros ; mais il y aura toujours aussi et
inversement un ordre spontané qui surgira des
choses et les organisera en dépit de tout, en dépit
d'elles et de vous. L'ordre et le désordre, les
systèmes et la révolte portent également en eux les
germes de leur propre destruction.

L'ordre naît de lui-même autour des choses. Si
l'on ne parvient jamais à la systématisation
complète, on n'échappe pas non plus au durcisse-
ment, à la sclérose des impulsions les plus folles et
des refus les plus tenaces. Que l'idée de désordre
ait été liée pour moi à l'idée de bande ou de clan,

c'était comme une traduction, comme un symbole de cet éclair qui se fit jour en moi : le désordre n'est pas la liberté ; c'est une forme d'habitude, de convention, si j'ose dire, et d'esclavage. C'est un jeu abstrait que l'on choisit librement et que l'on construit selon ses goûts sur des postulats de son choix. Mais une fois les règles du jeu établies, elles sont aussi strictes que toute autre. Les régimes d'ordre finissent dans la licence, mais les révolutions dans la dictature.

La *bande* avec ses exclusions, ses tabous, ses mots d'ordre et ses mystères me devint insupportable. J'étouffais de ne voir qu'elle, de sentir condamné le reste de l'univers. Je me sentais la trahir à chaque instant en pensée : et ce sentiment même montrait avec éclat que je l'aimais encore et que je ne l'aimais plus. Car on ne trahit que ce qu'on aime et on ne trahit que ce qu'on hait.

J'étouffais dans le désordre. Une grande lassitude me tombait sur les épaules. Je ne pouvais plus porter le poids de tant d'efforts concertés pour aller contre le premier mouvement, contre le banal, contre cette sécurité méprisable. Comme c'est fatigant d'être toujours contre les choses ! C'est en me séparant de la bande que je renonçai au désordre. Car le désordre, aujourd'hui, est une preuve de solidarité. On ne s'y livre pas seul. Le jour où je décidai d'être seul, j'abandonnai le désordre, tel, du moins, que le définit notre temps. Peut-être ne faisais-je qu'en retrouver un autre aspect. Mais ce désordre que j'avais connu, ce désordre de la pureté, de l'intransigeance, de l'amitié, ce désordre indomptable, ce désordre de la jeunesse et de la solidarité, ce désordre-là était fini pour moi. J'étais seul. J'étais libre de tout système, de toute règle. Et je m'éloignai du désordre, comme d'une grande chose que je n'avais peut-être pas été capable de supporter.

IV

DU REFUS DE PENSER

Un de ces refus de penser qui mènent loin
Paul Valéry.

Incapable de rien faire de moi-même, trop
instable pour m'enfermer et dedans et dehors,
aussi fatigué de réfléchir pour trouver les choses
bonnes que pour les trouver mauvaises, il ne me
restait qu'à reconnaître une fois de plus que je
n'étais guère à mon aise dans un monde trop
grand pour moi. Il ne me plaisait plus de lutter. Je
n'avais plus d'opinion sur ce qui passionne les
hommes : la justice, le droit de propriété, le code
de la politesse mondaine et les matches de
football. Je me demandais ce que j'étais allé faire
à la recherche de principes ou de motifs de fureur.
La stupidité dont j'étais parti me parut au fond
une bonne chose et une possibilité de bonheur, à
condition de s'en servir savamment. Elle me

permettait de mesurer — j'allais dire de haut, mettons plutôt d'en bas — l'insanité d'une agitation humaine qui se fondait sur des découvertes, des théories et des idées : c'était à mourir de rire.

Lassé de la vie intérieure, je me mis à essayer d'en mener une aussi extérieure que possible : il me fallait devenir superficiel jusqu'à ne plus toucher aux choses, même en esprit. Je m'organisai dans ma bêtise comme dans une forteresse. Mon enfance de premier de classe m'avait laissé du goût pour les idées, les livres, les discussions. Tout cela fut banni, avec les amis qui les apportaient comme des germes. Je me disais, en sot intellectuel que j'étais et restais, qu'il s'agissait de se couper du monde en se coupant d'abord de la pensée. Et, par bêtise ou par intelligence, je ne sais, je me refusai à penser.

L'idée me plaisait. Je trouvais cela distingué et cela flattait ma paresse. Le chemin qui m'avait mené à cette décision me semblait maintenant affreusement compliqué. Je n'en retenais que deux choses : que j'étais idiot parce que je n'étais pas capable de faire tout ce que les autres avaient fait : l'*Iliade,* la Révolution, *La Ronde de nuit,* la découverte de l'Amérique ; et que les autres me faisaient pitié parce qu'ils n'avaient pas vu ce que j'avais vu : que rien ne servait à rien et que le maître mot était : à quoi bon ? Par orgueil et par lassitude il fallait cesser de penser.

Il y eut alors dans ma vie une période étonnante qu'il est difficile de dépeindre par des mots. J'avais décidé que toutes les apparences devaient rester ce qu'elles étaient. C'est évident : il faut réfléchir plus pour changer les choses que pour les faire durer et chacun sait que les révolutionnaires sont plus intelligents que les conservateurs.

Je persévérai donc à me laver les dents, à me mettre à table, à dire : bonjour monsieur, au revoir madame, parce que c'est plus facile et d'ailleurs presque automatique. Mais je ne mis plus rien derrière aucun de ces gestes, dont chacun, naturellement, restait toujours dérisoire.

Je passai bien entendu pour définitivement idiot aux yeux de tout le monde. Mais j'avais la satisfaction de le faire exprès. Quel repos ! Le néant dans la bonne conscience, l'inexistence dans la supériorité, c'est une position fort enviable. Je ne dormis jamais autant de ma vie et je commençai par être fort heureux, car je trouve par nature de grandes satisfactions dans un sommeil sans rêves. Les dangers auxquels j'eus à faire face devinrent cependant très vite formidables.

Le premier adversaire fut l'ennui. Le travail, le dévouement, l'amour, les théâtres, la recherche

des distractions m'étaient obstinément fermés par
mes principes. Que l'on cherche donc ce qui
demeure lorsqu'on se refuse à penser. Le vide
faisait éclater mon esprit avec la même violence
que naguère les tumultes qui s'y donnaient
rendez-vous. Ma pensée assiégée envoyait des
estafettes à tous les horizons. Mais je faisais
bonne garde et me recroquevillais sur moi-même.
Des observateurs superficiels mettaient sur le
compte de l'avarice, de la timidité ou de la
religion mon refus d'acheter des livres ou de
fréquenter les filles. Personne n'osa imaginer que
c'était par crainte de penser.

L'esprit n'est pas grand-chose sans le corps.
L'ennui me vint d'abord de mon attitude physique. Je passais ma vie couché sur mon lit, les yeux
mi-clos, engourdi dans un état stationnaire entre
le bonheur et le dégoût, entre la volupté et le
malheur. Cela n'est pas bon pour la santé. Je me
mis à pâlir et à bâiller. A force de bâiller, je
m'ennuyai. Contre l'ennui, mon *à quoi bon ?*
s'émoussa. Cette force molle réussit où la littérature, l'amour, le salut de la République avaient
échoué : elle s'imposa par son poids propre. Ce
fut le premier échec de mon refus de penser.

L'ennui n'était que désagréable. Des épreuves
plus graves m'attendaient : je faisais sous moi des
choses inavouables qui puaient l'intelligence. Je

rattrapais constamment en chemin des pensées
sorties de moi qui allaient vagabonder n'importe
où. La métaphysique, l'économie politique, l'histoire de l'art, je ne les redoutais point. Mais il
fallait me méfier sans cesse du calembour et de la
contrepetterie. Le microbe de la pensée s'infiltrait
par les pores les plus minuscules. On ne se doute
pas de ses ruses. Je me surprenais à édifier des
cosmogonies au détour d'un jeu de mots. Je cédais
à l'attrait de ces moindres devinettes métaphysiques où l'esprit se trouve placé tout à coup devant
le problème du temps ou la nature de l'infini à
propos d'un avion qui fait le tour du monde et
d'une chèvre et d'un chou qui doivent traverser
un fleuve. Je me surveillais toute la journée pour
ne parler — et encore — que de golf ou de
chevaux avec ceux de mes amis que je n'avais pu
éviter et qui s'étaient consacrés au marxisme ou
aux gravures de Rembrandt ; et le soir, un fêtard
crétin, avec qui, par exception, je faisais la noce la
plus stupide qui pût être pour réussir à dormir
jusqu'à midi, m'entreprenait sournoisement sur
l'immortalité de l'âme. La lutte que j'avais entreprise naguère pour trouver un sens à ma vie, je la
soutenais maintenant contre Achille et sa tortue
qui me réveillaient en sursaut, contre ce voyageur
qui, parti de la terre dans un boulet infernal, la
retrouvait, deux ans plus tard, vieillie de deux

cents ans. Un aimable médecin, que je ne craignis
pas de consulter, me donna ce conseil admirable
de ne penser à rien. Je ne crus pas nécessaire de
lui expliquer que c'était le système même qui me
rendait malade, après que j'eusse pris tant de
peine à l'édifier. Je m'étendais sur mon lit, je
fermais les yeux, j'appelais le noir, le vide, le rien,
le zéro et je voyais des noirs rutilants, chatoyants,
colorés, secs ou verbeux, doux ou sévères, des
néants surpeuplés, des avalanches de pages blan-
ches où s'inscrivaient des encyclopédies. Lorsque
je compris qu'il était inutile de rien penser, mais
impossible de ne penser à rien, je vis tout le
sérieux de ma situation.

Ce n'étaient pas seulement les bizarreries de
l'imagination, c'étaient les nécessités de la vie qui
m'arrachaient au sommeil de l'esprit. Je découvris les subtilités de la langue dans les deux sens
des mots « ne pas pouvoir » : d'une part, il
m'était impossible de ne pas penser, parce que je
n'y pouvais parvenir, parce que j'étais fait de telle
façon que je n'étais point capable de m'empêcher
de penser ; d'autre part, il m'était interdit de
renoncer à penser parce que la misère, la maladie,
la mort s'en seraient suivies à brève échéance.
D'un côté, le chemin m'était barré par ma propre
nature, de l'autre, par l'ordre du monde. Il me
fallait penser parce que j'étais construit pour cela

et parce que tout l'exigeait de moi, sous peine des châtiments les plus cruels.

Il est aisé d'imaginer à quel point les conclusions désolantes auxquelles j'étais parvenu m'accablèrent de chagrin et me remplirent de révolte.

Ainsi, me disais-je, je suis condamné à penser. Bien ou mal, n'importe, mais à penser. Je me rappelai que bon nombre de philosophes avaient vu là la marque de la dignité de l'homme ; cela me fit sourire. C'est se féliciter de son malheur. C'est marcher à la guillotine en se réjouissant du temps qu'il fait ou de la gentillesse du bourreau. Quel fardeau ! Toute une vie de réflexions, de jugements et de choix me paraissait effroyable. Et que de responsabilités prises le cœur léger ! Il me semblait que le monde de la pensée une fois posé, tout devait s'y tenir de façon rigoureuse et que remuer le petit doigt, c'était engager sa vie entière et décider de sa perte ou de son salut éternel. Ah ! le doux état de l'inconscience et de la sottise ! Mais quoi, il m'était fermé ! Je m'imaginais le Paradis terrestre comme un îlot d'ignorance, de brume laiteuse, d'oubli du passé et d'insouciance de l'avenir. Et l'orgueil, c'était le désir de se rappeler, de prévoir, d'utiliser le présent, de construire des arches, des tours, des villes et des remparts, des tables de la loi et des théorèmes mathématiques. Et Dieu était apparu pour punir

3

l'homme par où il avait péché : tu as voulu savoir, lui dit-il, tu as pris le fruit de l'arbre de la science, eh bien ! tu distingueras le bien du mal, tu élargiras ton savoir, tu penseras ta vie, tu gagneras ton pain à la sueur de ton front. Et depuis ce temps-là l'homme réfléchit dans la douleur.

L'immensité de la tâche m'effrayait. Je ne voyais pas la possibilité de savoir quelques choses, de réfléchir un peu. Il me semblait qu'il était inutile de commencer si c'était pour s'arrêter en route. Il me fallait tout ou rien. Inconstant, léger, tel que j'étais depuis ma plus tendre enfance, je reprenais feu et flamme soudain pour la totalité du savoir. Je me voyais à la tête de prodigieuses connaissances, régnant en maître sur mes pensées, capable de dire à Dieu que j'avais reconstruit le monde — le sien, mais en mieux. Cela aussi, comme tant d'autres choses venues de moi, durait peu. Je me renfermais en moi-même. Je me rendormais.

Il fallait me réveiller pour choisir un crémier, pour gagner cinq mille francs, pour résoudre tel problème qui, subitement, m'empoignait. Une espèce de marée s'organisait dans ma tête. Tantôt, c'était le reflux, le vide total, l'hébétude ; tantôt, les idées se précipitaient en masse, se bousculaient entre elles, jaillissaient de toutes parts et éclataient en morceaux qui m'encom-

braient le cerveau. Je sentais que j'allais me
mettre à penser comme un asthmatique sent venir
sa crise. C'était d'abord une idée, puis deux, puis
vingt, et les vannes s'ouvraient devant un déferle-
ment d'images et de souvenirs qui se combat-
taient sauvagement. Je parvenais parfois à en
maîtriser une ou deux, mais chacune était suivie
de tant d'autres que je faiblissais sous leur
nombre. J'avais des idées mais je ne savais qu'en
faire. Elles ne s'organisaient pas, elles menaient,
chacune pour soi, une vie indépendante qui
s'épanouissait à mes dépens.

Voilà bien des phrases pour dépeindre un
imbécile. Mais ne l'ai-je pas dit à la tête de ces
pages ? Je suis trop sot pour régner sur moi-
même. Comme d'autres sont la proie de leurs
vices ou de leurs passions, je suis la proie de mes
idées. Elles ne me servent point : c'est moi qui
leur obéis. Je les suis, aveuglément et comme fou,
sur des chemins stupéfiants.

Dans cette situation peu enviable, toutes les
issues étaient fermées devant moi. Il m'était
impossible de garder les yeux fermés et je ne les
ouvrais que sur des contradictions. Impossible de
ne croire à rien, impossible de se moquer de tout,
impossible de dire oui, impossible de dire non,
mais impossible de se taire. Je cherchai encore
longtemps, gai de nature, mais rendu triste par la

métaphysique, plus porté à rire des choses qu'à y penser sérieusement, préférant le sommeil à l'étude et les calembours à la méditation, mais pris dans un engrenage qui me happait savamment. Il me suffisait de rouvrir un livre, croyant y trouver la vérité, pour le rejeter avec fureur ; mais il me suffisait aussi de reprendre tel ou tel d'entre eux pour en admirer le génie, le talent ou l'esprit.

Rien, comme toujours, ne me satisfaisait totalement, mais tout me lançait des clins d'œil où je décelais des promesses que je me croyais contraint de refuser, faute encore de motifs et de justifications. Je n'avais pas avancé d'un pas depuis le début de mes entreprises. Je ne savais toujours pas ce qui fait le prix de la vie.

V

DE L'INDÉPENDANCE

L'absence de système est encore un système, mais le plus sympathique.

T. Tzara.

Ce qui fait le prix de la vie, je vais vous le dire, ce n'est pas ce qu'on en pense, mais c'est ce qu'elle apporte. J'ai l'impression, en écrivant ces mots, de pénétrer à l'instant dans un univers fort exquis où les choses reprennent leur poids au fur et à mesure que leurs motifs les perdent. Le seul système acceptable, c'est de ne pas en avoir.

Ce n'est pas que je m'imagine avoir découvert ainsi un terme à ces expériences dérisoires auxquelles il est grand temps de mettre fin, un secret, le bonheur ou l'origine du monde : je n'ai fait que comprendre, au contraire — mais, certes, ce n'est pas rien —, que l'erreur est de les chercher. Il me semble que je sors enfin d'une longue préhistoire et que je pénètre dans un univers sans temps, dominé par les injures, l'indifférence et le bonheur. J'entre dans le présent avec les mots : « je m'en fous » sur les lèvres. Je demande qu'on me croie : ils exigent un effort. Ce goût que j'avais, et qui n'est point, je crois, un signe de médiocrité — je le dis sans modestie puisque j'y ai renoncé —, ce goût de pousser à bout ses attitudes et de les exploiter jusqu'à la contradiction ou à l'impossibilité, oui, je l'ai perdu. Il reposait tout entier sur la conviction qu'on pouvait construire une vie comme on construit une maison. Sur plans. Sans laisser de place à l'imprévu, à l'inattendu, au paradoxal, à l'aile ou à la mansarde qui se met à pousser tout à coup là où on l'attend le moins. Je n'y crois plus. Je renonce au sens des choses et aux justifications en même temps qu'aux abandons, et cela n'est pas peu. Mais je viens de découvrir que l'erreur est de les chercher. Peut-être est-il possible à d'autres de jouer leur petit Descartes et d'avancer pas à pas sur un terrain solide et sec où l'on peut bâtir sans crainte. Paresse ou faiblesse d'esprit — et plutôt faiblesse d'esprit que paresse, je ne parle de paresse que par fatuité —, je ne m'en sens point capable. Mes idées ne se laissent pas couler douillettement dans un moule bien préparé. Elles vagabondent, disparaissent, partent en voyage et hop ! reparaissent pour s'éclipser de nouveau. Il s'est révélé aussi impossible de m'en passer que prétentieux de m'en servir. Mes idées ne s'organisent pas comme des pierres qui s'élèvent et forment un édifice. Elles éclatent dans les cadres. Eh bien ! laissons-les gambader et jouons avec elles à un grand saute-mouton par-dessus les principes des choses.

L'envie me prend d'écrire les règles de ma nouvelle vie : point de système, pas de formules... Mais n'est-ce pas là de nouveau des règles et un système ? Le désordre me l'a bien montré. Je ne me laisse plus prendre au piège d'un non qui devient oui. A vouloir expliquer pourquoi et comment on est libre, à vouloir mettre en forme son refus des doctrines, on risque fort de faire revivre subtilement la tyrannie du système, et l'esclavage n'est pas loin. Le paradis perdu du refus de penser m'étant pour toujours fermé et l'impossibilité s'étant révélée à moi tant de construire un système que d'en construire l'ab sence, il ne me restait plus, on me l'accordera, qu'à tourner le dos aux problèmes et à refuser délibérément de m'enfoncer dans le cercle infernal des origines absolues, des systèmes, des convictions et de l'organisation ou de la désorganisation.

Les esprits véritablement philosophiques ne manqueront pas de me faire remarquer, s'ils daignent m'accorder quelque attention — honneur, dont, modestement, je doute —, que cette position arbitraire et tyrannique constitue déjà de nouveau un début absolu, une décision et un système. Je leur dis merde. C'est une bonne façon de traiter les philosophes et leurs sous-ordres, psychiatres, esthéticiens, moralistes ou économistes, qui, sous couleur de sens de l'histoire ou de psychanalyse, croient permis de vous embrouiller dans un étrange lacis dont vous vous débrouillez difficilement. Je tranche dans le vif. Je dis : ni oui ni non, ni principes ni révolte, ni blanc ni noir ; on verra bien. Au lieu de remonter de poule en œuf et d'œuf en poule et de poule en œuf et d'œuf en poule aux premiers moteurs et à l'origine des choses, je saute à pieds joints dans votre petit cercle vicieux (dont l'adjectif dit bien la bassesse). Que deviennent les problèmes quand on les ignore ? Ils disparaissent. Ah ! que voilà une jolie méthode pour résoudre la quadrature du cercle et les scrupules de conscience ! Je n'ai plus l'ambition de jouer les réformateurs, les révoltés, de soulever la jeunesse ou de faire scandale dans les lieux publics. Mais il me semble pourtant que je viens de découvrir une bien plaisante vérité : c'est que, pour qui ne veut pas trouver, chercher n'a plus de sens.

Ce n'est point que chercher ne m'amuse plus.

Bien au contraire. Mais, coupée de ses racines qui
l'enfoncent profondément dans le sol inébranlable
de l'absolu, que vaut la vérité — partielle et
malingre ? C'est un gentil passe-temps pour jour
de pluie. Il me reste, oui, il me reste de ma bêtise,
de mon refus de penser, de mon désir de système,
de mon désordre, il me reste de tout cela quelque
chose encore de mon sens farouche du tout ou
rien. J'ai tout fait — tout, non, mais ce que je
pouvais — pour tenter de sauver ce goût que
j'avais de la totalité. De le sauver en plein ou en
creux, en blanc ou en noir, en oui ou en non.
Puisque être omniscient m'était refusé, j'eusse
préféré être complètement idiot, ignare, non-
pensant, plutôt qu'un peu savant et à demi
éveillé. Mais cela même ne m'est pas accordé.
Alors tant pis ! On vivra franchement dans l'arbitraire, carrément dans le provisoire, en porte-à-
faux continuel, à tâtons, à cloche-pied, en équili-
bre sur l'à-peu-près. Je n'ai plus d'exigence. Je
rends les billes de l'absolu.

Que l'on me croie : je ne suis ni fier ni heureux
de cet abandon et de cette lâcheté. Il me semble
me promener à mille pieds de la terre ferme, en
funambule égaré, sur un filin tremblant. Le sol
me manque sous les pieds à chaque pas que je
fais. Tu l'as voulu, Dandin ! Eh ! sans doute, mais
comme on veut le prix d'une chose ou le revers de

la médaille : c'est la rançon de ma liberté. On a beau m'expliquer, fort savamment et avec des exemples à l'appui, les limites de la liberté et qu'elle ne se développe que dans des cadres : elle ne m'apparaît jamais, à moi, que toute nue, comme ivre, guettée par la débauche, l'incohérence et la folie. Comme je comprends encore maintenant que les systèmes les plus rigides ou la haine la plus radicale pour cette putain saoule qu'est la pensée m'aient si longtemps fasciné ! Ces mots un peu ridicules qu'on apprend aux enfants avec la forme hexagonale de la France et que répètent des orateurs publics sur des estrades, le dimanche à Mamers ou à Pézenas, ont pris pour moi un sens à la fois mystérieux et terrifiant : Ordre, Pensée, Liberté, Bon Sens... Ils me rendent étranger à moi-même, ils me mettent, au sens propre, hors de moi. Le monde se brouille dans ma tête comme dans un kaléidoscope. Je ne sais plus que marquer l'étonnement, l'admiration, l'incertitude et le vertige. Les mots liés à ces sentiments se présentent d'eux-mêmes à ma bouche : bizarre, bizarre, étrange, je ne me sens guère chez moi. Étrange ma vie sans bases, mais étranges vos raisons.

Étrange ma vie sans bases, mais plus étranges vos raisons, vos motifs d'espérer, vos règles et vos systèmes métriques. Non, je ne me prive plus de ces instants de faiblesse où je me fais peur à moi-même. Il me semble, en ce moment, que des centaines de petits gnomes, surgis de bien loin dans le temps, qu'indignaient déjà le désordre ou le mépris de l'esprit, mais qu'inquiète encore bien plus — car ils ne sont pas des sots — l'indépendance comme je la sens, veulent m'empêcher d'écrire ces mots si simples et si courts, inscrits déjà sur l'Abbaye de Thélème, et qui valent tous les préceptes du monde : « Fais ce que veux. »

Chaque instant est séparé des autres. Je suis seul au monde. Les actes n'ont pas d'avenir. Le passé est fini. Demain est un autre jour. Rien n'a d'importance. Fais ce que veux. Sans doute, tout cela est faux. Mais qu'importe ? Je ne cherche plus le vrai, la durée, le solide. Je ne suis qu'un fantoche qui va au gré des vents.

Mais je m'arrête à temps. Le piège qui, sans trêve, se dresse sous chacun de mes pas pour me faire choisir entre le beau et le laid, entre le bien et le mal, entre le vrai et le faux, je ne viens encore de l'éviter que de justesse : il va sans dire que si je ne cherche plus le vrai, le faux ne m'intéresse pas non plus. Le laid n'exerce sur moi aucune de ces attirances qu'il est convenu d'appeler malsaines ; mais le beau ne s'offre plus à moi avec des signes assez distinctifs et dans un équipage assez complet pour que j'abandonne tout pour lui. A parler franc, ce qui ne m'intéresse plus, ce sont les problèmes mêmes du beau et du laid, du vrai et du faux ; je suis hors jeu.

Je ne pense pas que cette attitude soit particulièrement conforme aux règles générales que secrètent les sociétés. Mais rien désormais ne m'ennuierait davantage ni ne me paraîtrait plus ridicule que de prendre contre une société quelconque — et particulièrement contre cette forme de société que connaît actuellement l'Occident — les attitudes ridicules et dépourvues d'humour du révolté et de l'insatisfait. Il faut croire à trop de choses pour s'élever contre un ordre social dans l'ensemble commode et bénin.

Il faudrait dans mon cas particulier que je fusse particulièrement méchant ou vicieux pour trouver contre ma famille, mon père, ma mère, mon frère, ma sœur (hypocrite ! je n'en ai pas) de ces motifs d'indignation et de révoltes vertueuses qui font désormais les grands peintres et les grands écrivains. C'est désolant ! J'aime mon père et ma mère. Mon frère est inspecteur des finances et j'ai pour lui de l'estime et de l'affection : cela me fait douter de mon talent. Le désordre qui, comme je l'ai dit et comme chacun le sait, ne consiste plus du tout à faire ce que l'on veut, m'eût obligé et moralement contraint à inventer des abîmes entre ma famille et moi. L'indépendance me permet de

rester bourgeoisement chez moi, sans aucune idée
de fugue ni de suicide, aussi heureux de mon sort
que le dernier des imbéciles, bénissant le ciel de
m'avoir fait naître où je suis né et trouvant aux
miens des qualités que je cherche souvent en vain
chez les autres.

Oh! le vilain bourgeois! Étaler sans vergogne
d'aussi bons sentiments doit être le fait d'une âme
bien basse et vile. Mais vous ne savez rien encore
et je vais vous dire à l'oreille des vérités si terribles
que le rouge de la honte va vous monter au front
pour moi. Approchez-vous, écoutez : je ne refuse-
rai ni la Légion d'honneur (si on me la donne) ni
le Prix Goncourt (si on me le décerne). Parfaitement. Ce chèque de cinq mille francs qu'il est de
bon ton, je crois, de rejeter avec mépris tout en
empochant les millions de droits d'auteur qu'il
entraîne dans son sillage, je le fourrerais sans
honte dans mon portefeuille. Et si l'on m'offre
plus, j'accepterai plus. Et si un jour, d'aventure
(cela est un appel du pied, ni plus ni moins),
l'Académie française, dans un instant de somnolence, me proposait un fauteuil, ah là là! mes
pauvres amis, mais je m'y ruerais. Quoi? Des
gens charmants. Pas plus bêtes qu'ailleurs. Parfaite politesse ; une urbanité exquise. Et la droite
dans tous les dîners. Le désordre consiste à dire à
vingt ans qu'on n'entrera jamais à l'Académie

parce que ce sont tous des crétins et à y entrer à
soixante. L'indépendance se consolerait fort bien
d'y être reçue vers trente-cinq ans. Quoi encore ?
Les assassins me déplaisent, les pédérastes, j'en
parlerai plus loin, les pièces ennuyeuses m'assom-
ment, Charlot ne me fait pas toujours rire, j'ai un
faible pour Mme Desbordes-Valmore, je supporte
fort bien *Cyrano de Bergerac,* le vice me dégoûte,
bref, je suis un être charmant, large d'esprit, point
brillant et d'un manque d'originalité tellement
total ou tellement révoltant que les mots manquent pour l'exprimer.

Je fais ce que je veux. Cela ne signifie pas
nécessairement que je fais du bruit la nuit pour
empêcher mes voisins de dormir ou que je
m'achète des voitures avec de l'argent pris chez le
voisin. Cela veut dire simplement que je ne
réfléchis pas avant d'agir. Je fais ce qui me passe
par la tête. Je vis sans arrière-pensée. Voilà un
bon mot de lâché. Ce qu'il y a de plus étranger à
ce mode de vie qui me plaît, c'est l'arrière-pensée
fielleuse, tyrannique et méchante. Je n'ai pas de
système, pas de rancune, pas de souvenirs, beaucoup d'espoirs, vivre m'enchante. Je vis sans
arrière-pensée, sans ces mille petits riens, sans ces
mille petites béquilles qui encombrent les gens
sous prétexte de les soutenir. Je ne tiens guère aux
choses que parce qu'elles me plaisent, ou parce

que je les aime ou encore parce que je m'en fous. Jamais parce qu'il le faut, parce que cela se fait, parce que les circonstances l'exigent, parce que Dieu le veut ou parce que c'est la marche de l'histoire. Je suis un homme libre de toutes les fibres de mon être. Et pour qu'on me comprenne bien, j'ajoute que s'il me plaît un jour de suivre les conventions mondaines ou d'entendre des voix, ce ne sont pas des scrupules de solitaire des bois ou de libre penseur qui m'arrêteront. Mon amour de la liberté s'étend jusqu'à sa négation même. Je me sens capable de défendre encore maintenant l'esprit de système, la nécessité de la rigueur et la cohérence de la pensée. Ma maxime est mon bon plaisir. Je fais ce que je veux avec enthousiasme, entêtement et bonne foi.

Voilà ma vie. C'est un conformisme de paresse couvant une ardeur à vivre qui ne se trouve pas de motifs. Ce sont comme des couches successives qui vont de l'extérieur jusqu'au cœur. Dehors, les bonnes manières, parce que c'est plus facile et qu'on me les a apprises : elles exigent moins d'efforts qu'une révolte que je ne soutiendrais pas longtemps ; puis des torrents d'espoir, d'énergie et de joie qui jaillissent tout à coup d'on ne sait où et on ne sait pourquoi m'emportent avec eux dans d'inexprimables délices ; enfin le vide, une absence de racines, un néant : on se demande en

vain d'où peut bien naître tout ce que je suis. Bien
des explications s'offrent, sans doute, à cet état de
choses ; le médecin, le psychanalyste, le prêtre, le
marxiste et le sociologue donneront mille interprétations de cette ardeur et de ce creux. Que
m'importe ? Peu me chaut l'état de mes glandes
ou ma place dans l'histoire. Tel j'apparais, tel je
veux être : voilà les termes du problème que je
suis. Les manigances et les petites mécaniques, je
m'en désintéresse complètement. Et même si les
sciences ont raison qui disent que je suis tel parce
que telle chose est ainsi, je ne puis que répondre
qu'elles sont sans doute dans le vrai, mais que
cela ne me touche guère : les explications m'ennuient.

Ainsi va ma vie, au fond sans histoire et ne
méritant aucun bruit. Dix mille, cent mille autres
vies sont plus intéressantes que la mienne où il ne
se passe rien de grand ni de beau. Qu'est-ce donc
qui pourra la sauver de la médiocrité et de
l'oubli ? Ni de grandes actions, ni une grande foi.
J'augure mal de mon avenir dans la postérité des
hommes. Entre la vie des imbéciles et la mienne je
vois bien peu de différence. Et j'en ai assez de
chercher dans le réel et l'imaginaire les estrades
de ma gloire future. Non, non, qu'on me laisse
seulement en paix me débarrasser de mes problèmes. Fût-ce au prix de la nullité, il faut me retirer

des batailles, des luttes, des concours et des idées.
Je veux être libre comme on est nu. Sans rien. Je
dirais bien sans Dieu ni maître, d'après cette
formule qui fascinait mon enfance bourgeoise.
Mais cela est bien définitif pour moi. Ce qui m'y
plaît le plus, c'est le ton : je l'adopte entièrement ;
mais le contenu même, les paroles, franchement,
elles sont idiotes. Ah ! Vivons donc joliment, sans
autres idées que celles de tous les jours, le ciel
bleu, les étoiles, le sommeil, la mer. Rien ne
compte que cet élan vide de lui-même qui nous
fait vivre sans savoir de quoi ni pourquoi.

Et à l'instant même où j'écris ces lignes, je
m'effraye de les écrire : elles m'enchaînent ; à moi
seul, sans doute, mais cela est trop déjà. De tous
les ennemis de l'indépendance, la littérature est
l'un des plus subtils. La seule écriture est déjà une
menace. Quoi ? Est-ce bien moi dont l'image
surgit lentement de ces pages que vous lisez ? J'ai
beau me débattre à chaque mot contre le sens qui
en naît, j'ai beau jurer que le contraire de ce que
je dis me semble également vrai et faux, juste et
injuste, de cette avalanche même de négations et
de démentis naît une image de moi. A chaque
ligne que j'écris, mon destin, un peu plus, se
précise et se fige. Certes, il suffit de vivre pour que
s'effiloche, chaque jour, jusqu'à la mort inévita-
ble, la peau de chagrin de ma liberté. Mais à vivre

seulement on s'aperçoit moins qu'on mange sa
liberté. De temps en temps, quand on vous traite
de salaud, qu'on vous traîne en justice ou qu'on
vous décore sur le front de troupes, vous vous
dites : Tiens ! C'est moi qui ai fait cela ? Curieux !
J'eusse aussi bien fait le contraire. Mais au jour le
jour cela ne laisse pas de trace. La liberté file dans
une transparence rassurante. Quand j'écris ces
lignes, au contraire — et je ne dis pas cela pour
apitoyer la critique — j'ai presque physiquement
mal à l'idée que ce que j'écris, c'est MOI, que ces
lignes, c'est moi, que ces pages, c'est moi, qu'en
lisant ce livre on dira : c'est lui, et que malgré mes
contorsions pour échapper au jugement, malgré
mon refus de me laisser étiqueter, malgré ma
crainte de dire oui et ma panique de dire non —
que dis-je ! malgré ! dans ces contorsions mêmes,
dans ces refus, dans ces craintes —, je trace une
image aussi claire de moi que si j'exposais le
système le plus rigoureux du monde.

L'indépendance, pour moi, serait d'abord de
me fuir moi-même, de fuir ce que j'aime et ce que
je suis. Curieux chemin pour y parvenir que ce
procédé qui fixe à jamais sur du papier blanc ce
que je prétends être toujours passager et toujours
révocable ! Il me faut le dire encore une fois bien
clairement : je ne me fais pas une règle de la
crainte de me poser ; et c'est pourquoi il me

déplaît que cette attitude même, quelque négative qu'elle puisse être, soit tout de même assez positive pour être clouée sur un papier. Grands dieux! Cela n'est pas pour jouer mon petit Rimbaud et me vouer au silence. Non, non, cela signifierait seulement plutôt que lorsqu'on est bâti comme moi, au lieu de se mettre à écrire comme un penseur, on ferait mieux de s'amuser à débiter des paroles sans suite et d'une futilité insignifiante, qui risquent au moins de s'envoler sans que personne ne s'y attache.

Mais quoi! Voilà bien des discours et des cogitations. Les clowns eux-mêmes aujourd'hui se sont mis à écrire. Alors, pourquoi pas moi? Et pour ce qui est de rester libre, bien des occasions s'offriront, j'espère, et dans ce livre et dans ma vie, pour montrer que l'importance que j'attache à ce que je dis n'est pas plus forte que celle que j'accorde en général à ce qui a coutume de passionner les gens.

Mon indépendance, je le crains, n'est pas liée à ces grands mouvements d'enthousiasme qui agitaient les jeunes gens lorsque au siècle dernier on parlait de liberté. Elle sonne creux. Certes, j'ai horreur des idoles que les ennemis de la liberté veulent nous faire adorer. Mais je ne parviens pas non plus à trouver plaisantes celles-là qu'on nous élève au nom de la liberté même. Rien ne me paraît plus vulgaire et plus ennuyeux que de planter des arbres de la liberté. Je me méfie de ce qu'on m'offre pour fêter la victoire sur ce que je n'aime pas. Je n'aime ni la façon dont les conformistes célèbrent leur conformisme, ni la façon dont les non-conformistes célèbrent leur non-conformisme. Et les succès des uns sur les autres en politique, en littérature, dans les mœurs et dans les arts me paraissent toujours réglés par les mêmes maîtres des cérémonies.

Cela est triste, dira-t-on, de ne croire à rien à vingt-cinq ans. Eh oui! Versons des larmes. L'idéal, bien sûr, serait le vide absolu, mais il n'est pas aisé d'y vivre. Alors, je vis comme ça, en riant d'une liberté pour laquelle, tout de même, il faudrait savoir tout donner sans y croire vraiment.

Mon refus de tous les systèmes n'est pas une révolte, c'est une indifférence que, pour ne pas mourir, il faut tenter de passionner.

VI

DE LA CONTRADICTION

J'ai le regret de n'avoir pas été toujours d'accord avec moi-même. C'est une chose qui arrive quand on n'a pas d'idées préconçues ; ce n'est d'ailleurs pas désagréable... je ne me prive guère de penser noir après blanc et par aventure les deux à la fois.

Marcel Aymé.

De tout ce que je viens d'écrire, se dégage, je crois — j'espère —, l'impression d'une pensée dont le moins qu'on puisse dire est qu'elle ne s'est pas trouvée encore elle-même. De ces décalages, de ces jeux de cache-cache vient la seule chance d'une survie acceptable. On se demande avec inquiétude par où se glisse, dans une pensée qui s'est trouvée, ce qui fait le charme de la vie et comment, dans le calme et la sécurité, échapper à l'ennui et à l'erreur définitive. Moi aussi, bien sûr, je risque de tomber dans l'erreur, et, comme on

dit, plus souvent qu'à mon tour. Mais j'ai peu de
chances d'y rester longtemps en soutenant régu-
lièrement le contraire de ce que j'ai dit cinq
minutes auparavant. Sans doute n'est-ce pas
conforme aux règles de la cohérence de l'esprit
qui veulent que A soit A et le reste le plus
longtemps possible. Mais comme la vérité n'est
pas mon but, l'affaire est de peu de conséquence.
La vérité suppose la cohérence ; et la cohérence
est une question d'arrière-pensée. Je l'ai dit : je
n'en ai pas. Je pense le ciel est bleu ou le ciel est
gris sans que cela m'enchaîne à quoi que ce soit.
Et je n'aime pas qu'on se hasarde à me rappeler
ce que j'ai eu l'imprudence d'affirmer le lundi
précédent entre 18 heures et 18 heures 12, entre le
pont des Arts et l'Arc de Triomphe du Carrousel.
Cela m'est égal, cela ne m'intéresse plus, et,
comme on dit encore, je ne veux pas le savoir. Ce
que je m'entends dire à l'instant même, il me
semble souvent que je dirais aussi bien le
contraire. Ce n'est pas que je ne le pense point ;
non ; mais je penserais aussi bien le contraire.
Parfois, l'idée me traverse qu'entre 2 et 2 font 4 et
2 et 2 font 5, l'une des formules est vraie et l'autre
fausse. Mais ce n'est jamais une réaction immé-
diate, un « mais oui, voyons, c'est évident ! ». Au
contraire. Il me faut penser beaucoup pour parvenir à rejeter comme bête et faux tel ou tel

jugement ou telle ou telle idée. Alors, cela demande tant d'efforts que je préfère en rester là et affirmer ensemble qu'un tel est stupide et le même un tel intelligent. Et le plus fort, c'est que le plus souvent les deux propositions sont vraies ; et si l'on veut raffiner, il faut entrer dans tant de détails et de nuances que j'aime mieux aller dormir ou jouer au croquet.

Je ne supporte plus les *distinguo*. Cela me vaut de vivre dans un univers où les idées ne sont pas très fouillées. Trop paresseux pour les étudier à la loupe, trop libéral pour en adopter une au hasard et m'y tenir toute une vie, il me faut les accepter toutes en même temps et dire oui à presque tout le monde. Je dis « presque » parce qu'il faut bien, évidemment, pour s'amuser un peu, laisser la place à l'arbitraire.

Car je triche légèrement en tentant d'expliquer mes contradictions par des scrupules, des impuissances ou des dégoûts : j'y trouve aussi un certain plaisir. Il y a une impression de puissance et d'intelligence à comprendre à la fois le communiste qui vous prêche la révolution et le réactionnaire qui défend la propriété. Je viens d'écrire les mots de puissance et d'intelligence ; je serais un peu plus gêné d'écrire celui de caractère. Il faut reconnaître qu'il y a de la beauté dans le dernier imbécile venu (cela est curieux : on dit « le

premier venu » et « le dernier des imbéciles »
comme si l'alpha et l'oméga de tout c'était en fin
de compte l'indifférence et la bêtise) qui s'accro-
che jusqu'au bout de ses forces à une même idée
tenue pour vraie. De grandes choses se font ainsi ;
de grands exemples en tout cas nous restent de
telles attitudes. Mais quoi ! On ne peut pas tout
avoir ! C'est déjà beaucoup d'avoir la contradiction, on ne peut pas avoir en plus les avantages de
la cohérence. Et au moment même où j'écris ces
lignes, je m'inquiète de ma modestie : mais si,
mais si ! Il faut tout avoir et gagner sur tous les
tableaux. Nous avons bien étendu la liberté
jusqu'au refus de la liberté : j'étendrai la contradiction jusqu'à l'apologie de la non-contradiction.
La seule chose qui restera ferme là-dedans c'est
l'arbitraire de mon bon plaisir. Allons, allons ! Il
ne faut pas se décourager si vite. Les principes des
autres restent encore valables lorsqu'il me plaît de
les employer. Et je ne me tiendrais pas rigueur de
me contredire s'il m'arrive un jour de rappeler
mes adversaires et moi-même au respect de la
cohérence. Mes contradictions, comme ma
liberté, comme le doute de Montaigne, s'emportent elles-mêmes dans un tourbillon où je me
penche avec prudence mais avec impudence, avec
impudence mais avec sincérité. Certes, j'admire
autant que quiconque la ténacité, l'obstination et

le courage. Et je serais fort marri, voire furieux, qu'on m'empêchât de les admirer et d'en faire preuve au besoin, ou si le plaisir m'en prend (je forge « le plaisir m'en prend » sur le modèle de l'expression « le désir me prend de... »; elle marque la même tentation vive avec quelque chose de plus gai et une nuance d'amusement). Bref, encore un coup, je ne veux pas être prisonnier de principes, pas même de ceux que j'établis provisoirement pour mieux pouvoir m'en passer. J'ai suffisamment expliqué cela; n'en parlons plus.

Un mot encore cependant sur ce chapitre, et d'excuse ou plutôt de provocation : qu'on n'aille pas m'accuser de mauvaise foi ou de je ne sais quoi encore de la même farine. Après l'usage qu'on en a fait, ce genre de mot sent son pédant. Pour peu qu'on insiste d'ailleurs et qu'on ne me soit pas antipathique, je reconnaîtrai tout ce qu'on veut : pour ce que cela me coûte... et pour tout dire, je m'en bats l'œil.

Ce goût de la contradiction que j'ai en moi ne vient pas seulement, on s'en doute, d'une manie d'intellectuel. Comme pas mal de choses en ma modeste personne, c'est une affaire de tempérament. De toute évidence, je suis instable. Cela se voit de partout. Et de même que les jeux de l'esprit ne sont que le reflet et la suite du

fonctionnement de l'estomac, ma satisfaction à
changer d'avis provient sans doute simplement
d'une conformation changeante et d'un dégoût
facile. Cette explication est peut-être du genre de
celle qui attribue les propriétés de l'opium à son
pouvoir dormitif. Ces conclusions moliéresques
sont assez de mon goût. Mais pour en revenir à la
contradiction, cette ardeur à me détourner des
choses, aussi vive, au moins, que mon ardeur à les
vouloir, me satisfait finalement peu, je l'avoue, et
me déçoit souvent sur moi-même. Elle peut être,
sans doute, un signe parmi d'autres d'une inclina-
tion pour l'absolu qui se décourage un peu vite, et
par la faute des autres plutôt que par la mienne.
Mais ce genre d'explications me console peu. Il
confine à une satisfaction de soi dans la béatitude
qui ne me plaît guère. J'aime parfois à être
satisfait de moi, mais si possible en pleine
lumière, dans le cynisme et la conscience de ce qui
a été fait en bien ou en mal — ou plutôt si l'on
veut, pour ne pas porter de jugement, dans un
sens ou dans l'autre. Ainsi donc, je suis changeant, et ne cherchons pas trop d'excuses pour ce
trait de caractère. J'ai peur de l'ennui et je veux
changer avant qu'il vienne. Ce qui fait que je ne le
connais guère ; mais que je ne connais guère non
plus l'œuvre accomplie patiemment et la longue
haleine dans l'effort. L'exemple le plus simple est

celui de ce livre — je n'ose pas dire que vous lisez, mais du moins que j'écris actuellement, car lorsque vous le lirez, si jamais quelqu'un le lit, il sera une chose achevée, finie, tandis qu'il n'est fait maintenant, au moment où j'écris, que de quelques malheureuses pages suivies tout de suite, ici, à partir de ces mots mêmes que trace à cet instant mon crayon, d'un grand vide blanc et terrible. Eh bien, l'idée de l'effort qu'il me faudra encore soutenir pour que vous puissiez lire cette ligne-ci sans que ce soit la dernière, m'effraie. A cet endroit de mon futur livre, je ne sais vraiment s'il ne restera pas toujours futur. Il m'assomme. S'il ennuie autant le lecteur que moi-même, il est bien inutile de continuer. Restons-en là. Et en écrivant ces mots je ne prépare pas aussitôt le renversement qu'on attend peut-être (ou qu'on craint) : « Mais non, continuons ! » J'espère bien qu'il viendra, ce mouvement de l'âme qui me permettra de poursuivre, mais à cette heure je ne le sens guère. Évidemment, pour vous, lecteur, le jeu est joué puisque le livre continue, mais pour moi il ne l'est pas, parce que je peux m'arrêter ici.

Le nombre de romans et de pièces de théâtre que j'ai entrepris et arrêtés vers la trentième page commence à n'être plus négligeable. Mais ce n'était jamais le chef-d'œuvre souhaité, celui qui me ferait un nom d'un coup dans le monde des

lettres et ferait saluer en moi le successeur de
Proust, de Radiguet et d'Aragon. Alors, j'aimais
mieux m'arrêter. Mais non pas renoncer définitivement à noircir du papier. Et je recommençais
autre chose, un nouveau roman, une nouvelle
pièce de théâtre ; et je sentais au bout de quelques
pages d'enthousiasme, monter de nouveau le
découragement. Contradictions...

Cela n'est pas drôle. Voir sans cesse les deux,
les trois, les vingt aspects d'une question, même
en essayant de faire croire qu'on se moque bien de
ces aspects, n'est pas le moyen de faire de grandes
choses. Le type d'homme que j'admire le plus
sans doute est l'homme d'action simple et droit
des romans à quatre sous, qui ne passe pas son
temps à réfléchir, agit posément et sans hâte,
sauve les orphelins et éteint l'incendie. Bien sûr,
c'est idiot, mais je n'en suis plus à un ridicule
près. Entre le *tough guy* des films américains (et
Dieu sait s'il est agaçant) et l'intellectuel français
moderne sans lorgnon sur le nez mais avec plein
de lorgnons dans la tête, je me demande d'abord
quel est le plus loin de la réalité, ensuite quel est le
plus sot. J'essaye désespérément, par la contradiction par exemple, de faire comme si je ne
pensais pas, comme si cela m'était égal, comme si
je ne pensais que pour vivre, ce qui pour l'intelligence française signifie ne pas penser. Mais tout

cela est truqué, est truqué parce que j'ai trop d'idées. Je n'en suis pas fier, de ces idées : deux sur trois sont mauvaises, quatre-vingt-dix sur cent sont fausses, neuf cent quatre-vingt-dix-neuf sur mille ne rapportent pas d'argent : c'est tout dire. Mais enfin, ce sont des idées. Faire semblant de ne pas avoir d'idées ne sera jamais l'équivalent de ne pas avoir d'idées du tout. La contradiction peut sembler indiquer le mépris des idées : elle en marque au contraire l'abondance. Scrupule de l'intelligence et du sentiment, elle montre l'envers des choses et l'opinion des autres. L'homme qui ne pense pas va toujours dans le même sens. Il n'y a pas d'homme qui croie plus au pouvoir des chiffres que celui qui se demande si 2 et 2 ne feraient pas 5. C'est celui qui sait à peine compter qui est toujours sûr du total. Ainsi, la contradiction manque son but : dans ce scandale logique éclate encore le pouvoir de l'esprit. Mais un esprit déboussolé et comme fou dans un univers qu'il traite, si j'ose dire, par-dessus la jambe. Cela n'est pas pour me déplaire. Puisqu'il m'est interdit de jouer au médecin de campagne ou au sauveteur breton (je dis cela, mais, mon Dieu ! comme ces beaux métiers m'assommeraient), eh bien ! acceptons ce destin d'humilier et de magnifier les mots, l'intelligence et les choses en leur faisant dire le contraire de ce qu'ils veulent et de ce qu'ils

signifient, en les ridiculisant, en jouant le jeu de
tous les côtés à la fois et en introduisant dans la
citadelle du Beau, du Vrai, du Bien, dans les
palais de la raison, le cheval de Troie de la
contradiction.

Et lorsqu'on n'y comprendra plus rien, on
passera par les armes les philosophes, les professeurs et les intellectuels et on ira se reposer au
soleil. Car l'avantage de la contradiction, ce n'est
évidemment pas de revenir au bon sens : c'est de
rendre impossible l'usage de l'intelligence. La
contradiction, ce n'est pas l'absence des idées,
c'est leur sabotage et c'est leur sabotage à mon
usage personnel. Oui, la contradiction va dans le
sens de mon indépendance. Elle n'est pas systé-
matique comme le refus de penser ou le désordre.
Je n'en suis point prisonnier. Je ne m'en sers que
lorsque je le veux et je ne m'en sers point
lorsqu'elle me nuit. C'est la pensée contre elle-
même, prête à s'exalter dans le paradoxe, mais
prête à se dissoudre sur place pour s'effacer
devant le désir, l'appétit et le plaisir. Ah ! la jolie
petite chose qui tient tout entière dans le creux de
ma main. Un geste, et elle disparaît ; un geste, et
elle réapparaît ; un geste encore, et elle se transforme en parangon de vertu, en logicien sévère, en
maître à danser. Ah ! le changeant caméléon,
l'élixir de toutes les ressources, la baguette de tous

les vœux ! La liberté, ce n'est pas seulement de faire n'importe quoi, mais encore le contraire de n'importe quoi, et surtout les deux ensemble. C'est un désordre sans parti pris, un refus de penser bourré d'idées, la vie simple dans la complication, l'inextricable dans l'indifférence et l'indépendance dans l'égoïsme. Et puis, si un jour je n'en suis plus satisfait, la contradiction est tout de même la chose du monde la plus facile à rejeter. Je ne la vois pas bien en train de se plaindre. Elle porte en elle-même toutes ses ressources et ses propres faiblesses et sa mort même. Cela non plus n'est pas pour me déplaire.

Et puis en voilà assez sur ce sujet qui est bien le plus simple qu'on puisse rêver : le dernier des imbéciles est capable de dire le contraire de ce qu'il vient d'affirmer.

VII

DE L'ÉGOÏSME

> *Je suis à part de tout le monde, je n'accepte les conditions de personne. Vous devez vous soumettre à toutes mes fantaisies et trouver tout simple que je me donne de pareilles distractions. J'ai le droit de répondre à toutes vos plaintes pour un éternel Moi.*
>
> Napoléon [1].

Dans cette indépendance où je perds un peu le nord, le seul point fixe et simple, c'est moi. Je ne suis égoïste que par nécessité, et moins par goût que par contrainte. Il est fort certain que nous ne sommes pas seuls au monde et il faut plutôt tenter de se vaincre que d'imposer aux autres ses humeurs méchantes et des servitudes que l'on ne supporterait pas de leur part. Rien n'est plus odieux que l'être qui ne sait penser qu'à soi. Je

1. *Mémoires* de Mme de Rémusat, t. I, 114-115, cité par Nietzsche : *Gaya Scienza*, 711.

crois très fermement, même si je n'applique pas
ces beaux principes, que dans la vie de chaque
jour, il faut choisir entre penser aux autres et
vivre seul, détesté, exécré à bon droit, dans la
stérilité et la sécheresse du cœur.

Cela posé, rien ne va plus. Il n'y a pas plus de
justification aux bons sentiments envers l'humanité qu'à la fidélité envers les femmes, à la parole
donnée, aux mœurs et coutumes des peuples et à
la vie en général. C'est entendu, n'en parlons
plus, il y a les mouvements du cœur. Cela va fort
bien dans mon sens : on vit comme ça, au hasard,
à la va-comme-je-te-pousse et les raisonnements
ou rien... Car enfin, l'amour des autres, la charité,
la fraternité universelle, la solidarité entre les
hommes, ou c'est Dieu qui nous demande de les
ressentir et qui nous commande d'en appliquer
les conséquences, et alors c'est parfait et la cause
est jugée ; ou Dieu n'existe pas et alors, comme dit
l'autre, tout est permis. Car où sont-ils inscrits,
cette solidarité entre les hommes et cet amour du
prochain, si je ne les ressens pas dans mon cœur
et si on ne me les impose pas d'en haut ? A vouloir
raisonner, les bonnes raisons ne manquent pas
pour prêcher l'égoïsme, à commencer par celles
que donne si bien Bernard Shaw : Ne fais jamais
aux autres ce que tu voudrais qu'on te fît : ils
peuvent avoir d'autres goûts. Je me sens, à vrai

dire, bien peu de devoirs envers les autres.
Beaucoup de ceux que nous remplissons viennent
de la seule crainte devant la force : je ne paye mes
impôts que parce que j'ai un peu peur du
contrôleur, et l'Amérique aide l'Europe parce que
c'est son intérêt bien compris. Ôtez l'intérêt, la
vanité et l'amour, et il reste peu de choses des
actions des hommes. L'intérêt et la vanité, c'est
encore l'égoïsme ; l'amour, c'est cet élan gratuit
qui trouve fort bien sa place dans l'indépendance
et dans la contradiction. Mais ce qui disparaît,
fond, se réduit à néant et se ridiculise, c'est
l'idéologie, la preuve, la science des hommes et —
là encore — le sens de l'histoire. Je me demande
bien ce qui me lie au monde. Je le dis pour la
dernière fois : l'amour, oui ; mais la solidarité ?
Voilà une étrange chose. Qu'elle ait fait, qu'elle
fasse encore de grands hommes et de belles
actions, je ne songe certes pas à le nier. J'admire
autant que personne les œuvres de ceux qui ont
élevé la solidarité à la hauteur d'un mythe de
notre époque. Mais enfin, ce mythe, à quoi de réel
répond-il ? Je vais dire une chose monstrueuse : je
n'ai guère le sens de la solidarité. Il n'est pas
impossible qu'on me l'apprenne à coups de fusil.
Cela aurait de la grandeur.

L'époque moderne a érigé le sens de la solida-

rité au rang d'une vertu morale. Je suis tenté de
croire, en fait, que toute la morale contemporaine
tient dans ce mot unique de solidarité. Les
observances rituelles, le sens des convenances et
de la hiérarchie, la morale de clan, le patriotisme,
le respect de la famille, la morale sexuelle, la
notion de propriété, le respect de la vie humaine,
tout cela et bien d'autres choses encore ont été
emportés par le vent ou sont ébranlés sous nos
yeux. La solidarité des hommes croît et se fortifie
chaque jour. On trahit la patrie à sa fantaisie ; les
limites du vol disparaissent ; on peut dire n'importe quoi de son père ou de sa mère ; on prend les
femmes qu'on veut ou qu'on peut, sans que les
réactions de la société dépassent les dimensions
des craintes individuelles des bourgeois un peu
apeurés. Mais qui osera dire : je me fous des
Chinois, des mineurs du Nord ou des familles
nombreuses ? Le surréalisme, lui-même, débou-
che difficilement ailleurs que sur le communisme.
Qu'on ne s'y trompe pas : les tables de la loi,
aujourd'hui, ce sont les autres.

Ah ! La belle malice de se révolter contre ce qui
est mort : la vie bourgeoise, la famille, le refus de
la pédérastie, la dureté envers les domestiques ou
l'Académie française. Moi, je me révolte contre ce
qui vient : je veux choisir ceux que j'aime.
Aveugle, anonyme, obligatoire, la solidarité c'est

de l'amour en confection, syndiqué et régi par des
barèmes, avec des abattements pour certaines
catégories et des surtaxes pour d'autres. Je vois,
derrière ces liens informes entre des abstractions
et moi, toutes les menaces de l'hypocrisie et de la
violence : les deux ensemble, c'est trop. Je ne me
sens guère enclin aux manifestations de masse, à
l'esprit de corps, aux déjeuners d'anniversaire,
aux commémorations et aux télégrammes
publics. Qu'on ne me fasse pas dire ce que je ne
dis pas. Je me crois aussi sensible qu'un autre aux
misères et aux souffrances collectives et individuelles des hommes, et je n'oublie pas que si nous
sommes à l'âge des solidarités hypocrites, nous
sommes aussi à celui des tortures et des humilia-
tions incessantes. Mais je n'aime pas ceux qui
font leur carrière sur l'exploitation de ces malheurs. Tel ou tel homme souffre, il faut l'aider ; tel
ou tel groupe d'hommes est maltraité, il faut le
secourir. Parfait. Cela ne relève que du cœur, et il
faut souhaiter l'avoir bon. Mais lorsqu'on commence à m'expliquer pourquoi et comment, et la
morale en mouvement, et le progrès technique, et
patati et patata, et même la dignité humaine, la
méfiance m'envahit. Il s'instaure, je crains, à
l'abri de la dignité humaine, autant d'abomina-
tions qu'au nom du progrès scientifique. Le
progrès s'est bien révélé être parfois le malheur.

Je ne suis pas sûr que l'apothéose de la dignité de l'homme n'entraîne pas, elle aussi, avec la fin évidente de bien des libertés, celle de bien des bonheurs.

Mais ces sommets sont bien élevés pour moi. Disons les choses d'un mot : je suis individualiste comme on n'a plus le droit de l'être. Les contrats sociaux me font rire ou pleurer. Je ne me sens lié qu'à ceux à qui je veux l'être. Les routes, les voyages, les vêtements, ma nourriture, bien sûr, je les dois aux autres, à ceux qui construisent, à ceux qui pensent et à ceux qui travaillent. Mais, d'abord, il ne s'agit là que d'un échange de services. Nul ne me donne gratuitement ce qui m'est utile ou ce qui me fait plaisir. Et, même dans ce cas-là, je l'accepterais avec simplicité, non pas comme mon dû, mais comme un don généreux dont je m'estimerais fort digne. Non, je ne serais pas étonné que tout me vînt dans l'aisance et la facilité ; et je ne suis pas homme à refuser grossièrement les bienfaits de la vie et de la chance.

Mon égoïsme est plein de bonne humeur et, si j'ose dire sans ridicule, de gentillesse. Ce sont là mes bons sentiments. Si l'égoïsme ne s'entoure pas de toutes les séductions de l'aisance, de tous les charmes de la facilité, s'il ne s'épanouit pas dans un air de fête et dans une atmosphère

d'allégresse, il devient franchement odieux. Une
expression comme « chacun pour soi » me semble
le comble de l'abjection. C'est une formule de
boutiquier âpre au gain, ou de patron de combat,
ce n'est pas celle de ce que j'aimerais être :
quelqu'un qui sache vivre librement et sans
crainte. Pour dire le fond de ma pensée, je crois, je
suis persuadé que vouloir à tout prix faire le
bonheur des hommes, c'est faire, à coup sûr, leur
malheur, à force de catastrophes et de bonne
volonté. Aller tranquillement son petit bon-
homme de chemin, aidant celui-ci si le cœur vous
en dit, aidant celui-là si cela ne vous gêne pas
trop, aimant beaucoup ceux qu'on aime (ou
qu'on est en train d'aimer, vous voyez la nuance),
évitant, si possible, de faire du mal pour le plaisir
d'en faire, me semble plus propre et plus sûr.
Voilà déjà un programme suffisamment moralisateur. N'exagérons quand même pas dans ce sens.
Ce serait pitié. Si « chacun pour soi » est ignoble,
« après moi le déluge » me paraît déjà plus
satisfaisant. Il y a là quelque chose de relâché et
d'insolent qui est tout à fait absent de « chacun
pour soi ». Moi qui ne crois pas aux systèmes, je
croirais volontiers à une certaine allure et au
style. J'apprécie de l'égoïsme l'aisance, l'absence
de contrainte, le laisser-aller sans avachissement.
Tout cela est sensible dans « après moi le

déluge » où il y a de la mollesse, mais presque aussi de la grandeur ; dans « chacun pour soi », éclate au contraire la bassesse et, précisément, la contrainte. Il y a un égoïsme sensible, presque faible, élégant, si j'ose dire, rapide à se contredire lui-même, un égoïsme de bonne qualité ; et il y a un égoïsme dur, avaricieux, qui est le contraire du naturel et dans lequel on se force pour ne pas penser aux autres. Il suffit de dire ces mots pour que la cause soit jugée et que chacun voie où sont les délices et où se cache l'abjection : peut-on jamais bien faire contre la pente de la nature ?

Dieu me garde de trouver bien ce que je fais ! Je vais vous dire ce qu'il est, mon égoïsme, avant d'être naturel, sensible, altruiste et charmant : il est égoïste. Les circonstances atténuantes ne changeront rien à l'affaire. Je songe à moi avant de songer au monde et il me faut — rougissons — ma ration de plaisir mensuelle. Mais je suis bon prince. L'idéal serait que, sans me donner trop de peine, tout le monde fût heureux avec moi ; et je n'exige même pas que tout le monde soit malheureux quand je le suis. Est-il possible d'aller plus loin ?

Poser le problème, comme je le fais ici, seulement en termes de plaisir, donne d'ailleurs une idée très fausse de ce que représente pour moi ma propre personne. Mon égoïsme est une impuis-

sance. J'essaye souvent, en vain, de me persuader
que je me réduis à moi-même pour ma satisfaction : cela n'est qu'à moitié vrai. Oui, pas mal de
choses et de gens m'ennuient ; oui, les causes qu'il
faut, paraît-il, défendre, me semblent stupides ou
ignobles ; oui, les morales ne me touchent guère et
je les envoie au diable. Mais tout n'est pas rose
dans cet abandon du monde et des autres.

Rien ne m'amuse, rien ne m'intéresse, ne me
passionne et ne me fait mal comme le spectacle de
la vie. Il se produit, à chaque instant, dans
l'univers, une foule d'événements dont le simple
récit me fascine. Ces rencontres, ces sentiments,
ces choix, ces décisions, ces actes qui fusent, se
croisent, échouent ou éclatent, ce mystérieux
tissage, ces dévergondages d'idées dont on se
demande sans cesse jusqu'où ils vont s'étendre et
se répercuter, je trouve mon plaisir à y plonger
mes regards. Mais seulement mes regards. A
peine me suis-je penché pour apercevoir des
sommets ou des abîmes, que ma position m'in-
commode. Je ne me souviens plus de ce que je fais
là. Il se profile, à ces instants dont j'attends des
merveilles et où s'offrent à mes yeux de prodigieux panoramas, de bien étranges soucis entre
moi-même et moi. Je crois me réveiller d'un songe
et je m'interroge sur ce que je fais, ce que j'attends
et ce que j'espère. A partir du moment où je mêle

ainsi aux spectacles des choses mes préoccupations personnelles, tout s'écroule. J'admire — je
méprise, mais j'admire — ceux qui, dans ce grand
désordre, suivent avec dignité le chemin qu'ils se
sont tracé le jour de leur majorité. Il faut les voir
se fixer un but, atteindre leur but, manquer le
but : c'est une joyeuse farandole où je n'ai pas
grand-chose à voir ; car je m'avance les yeux
bandés, sans rien rattraper au vol de ces petits
cailloux qu'on me conseille de jeter en l'air : le
travail, le sérieux, les bonnes mœurs, la persévé-
rance. C'est après moi-même que je cours. Et
quand j'ai le malheur de me rattraper et de
m'arrêter quelques instants pour regarder enfin
autour de moi, je trouve bien peu de consolations
dans ces mille choses que je ne comprends pas et
dont, comme les enfants, je demande à quoi elles
servent.

Franchement, cette attitude a un nom ; c'est
toujours le même : c'est la bêtise. Malgré l'intérêt
que je leur porte, je suis étranger aux choses, aux
gens, aux événements. Ils m'attirent et ils m'im-
portunent. Je ne me vois pas de liens avec eux. Je
les délaisse donc et me retourne vers moi — vide,
sans point de départ comme sans but, hébété et
indifférent. De loin, mille choses m'éblouissent. Je
m'avance, amusé, curieux, toujours à la recherche
de quelque chose et, au fur et à mesure que je

m'approche, un déclic se produit en moi qui
transfigure tous les paysages. Je m'imagine trouver un visage de femme ou une combinaison
politique ; mais je marche dans un paysage de
rêve où des ruines fumantes s'élèvent qui me
semblent être mon œuvre. Et une immense ban-
derole se déploie qui couvre tout sans enthousiasme et me paraît sortir de mes propres pores ;
vous pensez si ça m'intrigue et si je m'approche
pour mieux voir, et si j'écarquille les yeux au
contact de ce que je lis :

MOI

Par exemple ! Si je m'y attendais... Quelle
heureuse surprise ! Vous, ici, à cette heure ?...
Alors je m'invente des excuses : les devoirs de ma
charge, mes occupations, gagner ma vie, m'amuser, un hasard, une distraction. Ils s'y laissent
prendre ; mais moi pas. Je sais trop que ces
rencontres où je ne rencontre que moi-même ne
doivent rien, ni au hasard, ni au devoir, ni à
l'amusement. Je ne suis lié qu'à moi-même et
c'est moi-même que je retrouve dans ce camou-
flage un peu honteux où je prétends travailler,
m'amuser ou faire l'amour.

Et le sacrifice, me dira-t-on ? Et l'abnégation ?
Et le devoir ? Eh oui : il faudrait sans doute forcer

un peu pour que les choses trouvent leur place. Mais je me laisse vivre, pris dans un engrenage où j'entre vide et d'où je sors vide, sans qu'il me soit permis de me mêler vraiment au monde.

Je donnerais souvent cher pour me débarrasser de cet égoïsme qui m'est plus un poids qu'un plaisir. Je donnerais cher, qu'on me croie, pour pouvoir mourir pour quelqu'un ou pour quelque chose. Ce n'est pas toujours gai de ne pas savoir pour quoi mourir. Mais je ne suis pas seulement bête, je suis lâche et faible. Car je n'ai le courage ni d'être seul, ni de vivre pour les autres. Cette double impossibilité, jointe à quelques autres du même goût, empoisonne lentement ma vie. Mais comment voudrait-on que je sache me conduire avec les autres, alors que je ne sais même pas me conduire avec moi-même? Pourquoi voudrait-on que je sache comment traiter les autres, quand je ne sais même pas comment vivre? Mon égoïsme naît d'une inexistence. Je tourne en rond dans ma propre absence.

Et puis, tout à coup, arrive le plaisir auquel je me donne tout entier, qui me roule comme un galet, m'emplit et me ferait presque croire que j'existe. Je n'ai plus le temps de penser aux autres; je jouis de l'instant présent et de ma béatitude. Alors disparaissent tous ces problèmes qui ne se posent que dans mes insomnies. Ce n'est

pas par hasard qu'ils prennent l'allure d'un
cauchemar : ils ne m'accablent que dans ces
heures de demi-sommeil où je ne pense plus à
m'amuser, à me distraire, à profiter du temps ou
de l'argent que j'ai en poche. Je pense aux autres
dans mes instants de faiblesse. Cela prête à
réflexion. En bonne santé, reposé, bien nourri,
rasé de frais, je réponds : « Et moi ? » d'une voix
ferme, à tous les discours qu'on me tient. Il ne me
semble jamais que mon existence et mes droits
soient assez reconnus. A est A. Intéressant ; et
moi ? En 1568... Parfait ; et moi ? Quand la
duchesse entra, le jeune homme se leva et,
s'avançant vers elle en rougissant, il lui... Et moi ?
Les exigences supérieures, cette foi en les desti-
nées... La barbe : et moi ? Et puis, vous nous
ennuyez à la fin ! C'est comme ça, on n'y peut
rien ; les lois de l'histoire ; Dieu le veut... Ah ! ah !
ET MOI ?

C'est quand j'ai fait la noce ou que mon foie
marche mal que je m'aperçois qu'on peut toujours crier. Il me semble me regarder alors dans
deux glaces qui se disputent mon image en se la
renvoyant indéfiniment l'une à l'autre. J'ai beau
dire : c'est encore moi ; ma voix vacille à ne se
rencontrer qu'elle-même. Là recommencent
d'étranges peines et d'étranges douleurs. Mais
quoi ! ce sont les risques du métier. On ne joue

pas impunément avec les délices de la vie. Je
cours à la recherche d'une formule, d'une consolation organisée, qu'il m'est difficile de trouver,
puisque je les ai mises moi-même hors de jeu. Que
je me pèse ! Que je me hais ! Une punition bien
trouvée m'attend pour ne m'être jamais occupé
que de moi : c'est moi-même. Que faire alors de
ce pauvre corps qui éclate et brûle dans ses
pauvres limites ? Il reste de se tuer — de se tuer
ou de dormir : je choisis de dormir, parce que
c'est moins dangereux.

Je me réveille la bouche amère, plein d'injures
contre moi-même. Non, l'égoïsme n'est pas un
plaisir. Que cela est ennuyeux de se traîner
partout avec soi-même ! Je me décourage encore
un peu jusqu'à ce que l'eau froide me secoue.
Alors, là, je découvre très simplement que
l'égoïsme a les limites que l'égoïsme lui met. Point
de système ! point de système ! L'égoïsme ? mais
c'est mortel d'ennui ! Il est important de penser
aux autres, moins par convenance que par
hygiène. Les égoïstes vivent vieux, mais mal. Moi
qui souhaite vivre bien, je me précipite alors à la
rencontre du monde. Et pour que je m'oublie
encore un peu plus et que les choses prennent un
visage qui ne soit pas seulement le mien, je me
jette parmi elles, en me moquant bien de ma
petite personne ; je jure que mon prochain livre

(s'il existe) ne parlera que fort peu de moi. Il sera sensiblement moins ennuyeux et il me rapportera une fortune.

Et avec tout cet argent que me vaudra enfin cet éloignement de moi-même, je m'occuperai de nouveau, soigneusement, de ma modeste personne.

VIII

DE L'ARGENT

L'argent, c'est la liberté monnayée.
Dostoïevski.

Le seul problème philosophique sérieux, c'est l'argent. Le suicide ne vient qu'après. Il faut bien vivre jusqu'à ce qu'on se tue. Et quitte à vivre, j'aime mieux vivre libre. L'argent, pour tout dire, me semble la seule forme de liberté qui signifie quelque chose. Entre être riche et libre, on aura beau m'objecter de très excellentes raisons, philosophiques, morales et autres, je vois bien peu de différence ; et je goûte assez peu cette liberté intérieure qui me fait construire des châteaux en Espagne et coucher sur la paille.

Le mépris de l'argent est sans aucun doute bon signe pour qui le ressent. Je l'avoue tout de suite : j'aime l'argent comme un vice. Je ne dissimule pas cette affection derrière une prétendue morale

de la propriété et de l'effort : cela me dégoûte. Je
dis que j'aime l'argent pour ce qu'il donne et que
c'est comme cela et qu'on n'y peut rien. Les belles
phrases ne pèsent pas lourd contre l'argent.

Ce qu'il y a d'exquis dans l'argent, c'est
précisément qu'il termine les discussions et met
un point final aux divagations de l'esprit. Il
procure tout — ou presque ; il achète tout — ou
presque ; c'est l'argument dernier, celui qui force
les portes, brise les résistances, fait tomber les
villes, les femmes, les barrières sociales. « Combien ? » et tout est dit. Devant l'argent, qui suit
dans son mouvement les règles les plus strictes de
la science la plus rigoureuse mais la plus simple,
la mathématique, s'évanouissent les scrupules,
l'idéal et les songeries creuses de l'enfance.
« Combien ? » C'est tant de dollars et il ne s'agit
plus de rêvasser.

Ce n'est pas en vain que la bourgeoisie pense en
réalité à l'argent lorsqu'elle parle du sérieux de la
vie. Le sérieux de la vie pour elle, ce n'est pas
l'art, l'extase mystique, le grand amour et l'aventure ; c'est l'argent. Je l'accorde sans peine : c'est
ignoble, encore que cette attitude cache parfois
des beautés et que s'accomplissent en faveur de
l'argent des sacrifices monstrueux que n'obtien-
nent ni la patrie ni l'amour, ni souvent Dieu.
Mais enfin, tout de même, c'est peu plaisant. Je

tâcherai d'expliquer plus loin comment je peux trouver abject le fétichisme bourgeois de l'argent tout en aimant tant l'argent. Et si je ne parviens pas à l'expliquer, on n'aura qu'à mettre l'affaire au compte de mes contradictions. Ce qui m'importe pour l'instant, c'est que le sérieux de l'existence pour tout le monde, c'est l'argent. La bourgeoisie invente ce règne du métal jaune, mais le prolétariat, pour des raisons bien compréhensibles, est le premier à suivre la même voie. Le matérialisme et le marxisme, c'est d'abord l'affirmation que la religion et la poésie, c'est très joli, mais bien peu de chose pour qui a faim ; et le bifteck n'est pas gratuit. La révolution communiste, c'est le refus de laisser au capital le bénéfice de cette somme d'argent que constitue la plus-value : tout le problème est posé en termes d'argent. La conscience de classe, c'est la conscience de ceux que la possession de l'argent ou sa privation extrême mettent d'un côté ou de l'autre d'une barricade qui est un mur d'argent. L'aristocratie n'est pas mieux lotie que les autres dans cette vaste bagarre. Elle n'a que le mot d'honneur à la bouche, mais elle ne songe qu'à l'argent ; à regagner l'argent que lui ont chipé au xviiie siècle les fermiers généraux, les banquiers et les industriels au xixe et au xxe, et la démocratie en général depuis cent cinquante ans ; elle ne

songe qu'à faire un mariage d'argent et à épouser
des Américaines qui lui apporteront des dollars.

Rien de tout cela ne me scandalise d'ailleurs.
Ce qui m'agace, c'est qu'on ne reconnaisse pas un
règne auquel tout le monde se soumet. Je sais bien
qu'il y a des saints pour qui l'argent ne compte
pas. Mais la plupart de ceux qui font profession
de le mépriser ne crachent pas dessus quand il
leur passe entre les doigts. Les histoires d'argent
des hommes de lettres, des musiciens, des peintres
d'aujourd'hui sont fort plaisantes à entendre.
Moi, je préfère prévenir tout de suite mon monde,
comme je l'ai prévenu de ma sympathie pour les
honneurs du conformisme : je compte avoir de
l'argent. J'espère bien tirer le plus possible des
livres qu'il m'arrivera de porter chez l'éditeur. Je
n'hésiterai pas à écrire pour gagner de l'argent.
Rien n'est plus affreux que le poète éthéré qui
compte ses sous au guichet de sa librairie. Je
préfère franchement dire les choses comme elles
sont. Vivre coûte cher. Ce n'est pas parce que
j'use du crayon sur des bouts de papier que je n'ai
pas besoin ou envie de vivre bien. Bourgeois
comme je le suis, il pourra fort bien m'arriver
d'avoir une femme et des enfants. Il me faudra
bien nourrir ma chère petite famille ; les chapeaux
et les robes sont chers ; alors ? Et si je préfère

rester seul, la fête n'est pas donnée non plus.
S'amuser coûte un prix fou. Alors ?

Non, non, je ne vois pas de possibilité de me
passer de ces petits chiffons sales qui nous donnent des châteaux, des chevaux de course, des
marrons glacés et l'estime du monde. Pourvu que
j'écrive non des chefs-d'œuvre, mais des succès !
pourvu que ce livre-ci se vende bien ! pourvu
qu'on l'achète ! pourvu qu'il me rapporte ! Je vous
en supplie, dites-en du bien, même s'il vous
ennuie, parlez-en autour de vous ; chaque lecteur
comme vous, c'est un peu de plaisir pour moi, un
bout de cravate, un demi-litre d'essence pour ma
voiture. Et je vous jure que l'amusement que vous
me donnez ne saurait être mis entre de meilleures
mains. Nul plus que moi ne fait bon usage de
l'argent. J'assure mon lecteur que mon plaisir est
de la meilleure qualité.

Mais l'argent est bien autre chose que le plaisir.
Ce n'est pas que le plaisir soit méprisable, bien
loin de là. Mais il est encore trop petit pour
l'argent, car l'argent, c'est tout. La seule idée que
l'argent puisse se transformer presque instantané-
ment en nourriture, en étoffe, en espace, en
femmes, en temps gagné, en révolutions, le marque aussitôt d'une grandeur métaphysique. Lorsqu'on tient à une chose, comment ne pas tenir à
l'argent qui vous la donnera avec certitude ? Mais

lorsqu'on ne trouve plus de sens aux choses, comment ne pas tenir encore à l'argent, promesse illimitée mais indéterminée? L'argent n'est pas seulement tout, c'est n'importe quoi. Ce sont des trésors inconnus, des promesses informulées, un bonheur qui n'a pas besoin d'être spécifié. L'argent est une richesse anonyme et qui ne dit pas son nom. On saura toujours bien assez tôt s'il s'appellera l'amour, Venise en septembre, le pouvoir ou des perles fines.

Devenir riche, avoir de l'argent, se tailler sa liberté dans un monde où l'esclavage s'appelle travail, voilà un but dans la vie qui me paraît raisonnable; et plus que raisonnable : le seul peut-être où la complète absence d'idéal, de préjugés, de conventions et d'habitudes, et une parfaite coïncidence avec les conditions réelles de la vie convergent vers cette bonne conscience que donnent seuls la richesse et un abandon total de la réflexion pour elle-même. L'argent est la seule réalité que je connaisse qui, à la différence de l'État, de la science, des œuvres de charité et de la pêche à la ligne, trouve en soi-même ses motifs et ses raisons d'être. Rien ne s'y cache de ces ressorts douteux qui nous font faire le bien, sauver la patrie et nous distraire tant bien que mal : l'argent, comme le Dieu des mystiques, renferme en lui-même sa fin, sa cause et sa justification. Ce grand mouvement qui pousse l'homme vers l'Argent, j'y vois, bien loin de toutes ces préoccupations serviles engendrées par le travail, le signe même, non de la faiblesse de l'homme, mais de sa force.

Il est temps de s'arrêter là parce que, tout de même, je l'ai dit, quelque chose d'abject se mêle sans cesse à l'argent. Mais quoi ? L'affreux individu qui conduit une Cadillac avec son chien à ses côtés et son chauffeur derrière lui, je ne peux pas m'empêcher de le trouver dégoûtant même s'il est gentil pour sa femme et si bon pour ses ouvriers. Cette antipathie vient peut-être seulement de ce qu'il est vilain d'aspect. On pardonne plus facilement l'argent à des gens jeunes et beaux : c'est la chance des acteurs et des courtisanes. Mais, même chez eux, quelque chose choque : l'ostentation, la suffisance, le mauvais usage de l'argent ? Plus que cela : l'argent même. Ce qu'il y a d'odieux dans l'argent, c'est d'abord que les autres n'en ont pas. Il ne s'agit pas là d'altruisme, mais bien encore d'une forme d'égoïsme. Il est difficile à un homme riche de comprendre un certain nombre de choses qui émeuvent les hommes moins riches. Ce qui fait qu'il perd inévitablement le sens de plusieurs sentiments nés de la misère, de la gêne ou de la pauvreté et qui jouent un rôle important dans la vie des hommes ; il

devient prisonnier de l'argent et perd enfin,
paradoxalement, le sens même de la liberté qu'il
avait un moment conquise. Il arrive bien sûr
parfois qu'un homme riche ne perde rien de tout
cela ; mais alors il perd son argent.

Ce qu'il y a de redoutable dans l'argent, c'est
que tout le monde n'en ait pas. Cette banalité
devient tragiquement vraie, non seulement pour
ceux qui n'en ont pas, mais pour ceux-là mêmes
qui en ont, lorsqu'on pense aux efforts nécessaires
pour gagner cet argent, pour le garder, pour sortir
de la foule de ceux qui n'en ont pas et pour éviter
d'y retomber. Car ce qu'il y a d'ignoble dans
l'argent, ce n'est peut-être pas l'argent même,
mais la façon de le gagner. La bourgeoisie élève
en général ses enfants dans l'idée que la noblesse
de la fortune vient de ce qu'il faut gagner son
argent. Une telle aberration m'épouvante. L'affreux de la vie, c'est de faire de l'argent. La
malédiction, c'est le travail. Le prolétariat sent
cette malédiction avec une brutalité qui marque
d'un sceau sanglant notre époque actuelle. La
bourgeoisie, elle, a camouflé cette misère — bien
moins tragique pour elle, bien sûr, que pour le
manœuvre non spécialisé — derrière les responsabilités du pouvoir et la direction des affaires ;
c'est-à-dire qu'elle a cru aimer le travail, parce
que le travail, pour elle, ce n'était pas l'argent du

nécessaire, mais l'argent du superflu. Elle a tenu au travail, elle en a fait son affaire, parce que l'abandonner c'était renoncer aux yachts et aux laquais en livrée. Ce qui s'est passé alors, c'est que la jouissance de l'argent a disparu derrière son gain. Le peuple est écrasé sous l'argent parce qu'il ne peut pas s'en passer, la bourgeoisie, parce qu'elle ne le veut pas. Et, dans la sagesse dont elle faisait preuve jusqu'à ces derniers temps, où elle a démissionné par vanité, par scrupules et par incapacité — dans son hypocrisie aussi —, elle a fait disparaître l'amour de l'argent dépensé derrière les apparences du respect dû à l'argent gagné. Ainsi étaient assurés le renouvellement perpétuel du flot d'argent et la reconstruction du veau d'or.

Bien sûr, tout était sauvé ; mais tout était perdu. On avait bien l'argent. Mais c'était de l'argent qui avait eu peur. C'était de l'argent payé de trop de larmes, de trop de veilles, de trop de sueurs et parfois de trop de sang. C'était, destiné au plaisir, aux gondoles, aux nuits d'été, un argent de la même espèce que celui que le prolétariat destine au pain sec et au quart de rouge. L'ancien régime avait un argent gratuit. Il pouvait servir au plaisir. Ce n'est pas par hasard que ceux pour qui l'argent signifiait alors autre chose qu'une misère ou qu'une mauvaise

conscience ne devaient pas l'impôt ou payaient —
merveille des mots ! — une taxe appelée « don
gratuit ». Alors on pouvait discuter de morale
avec beaucoup d'agrément, être un grand seigneur libéral avec beaucoup d'agrément, vivre et
être charmant et protéger les philosophes avec
beaucoup d'agrément.

Aujourd'hui, l'argent est cher. Et l'idée de
gâcher ma vie pour gagner un argent destiné à la
rendre exquise me semble digne de Gribouille.
Lié au travail au lieu d'être lié au plaisir, l'argent
perd pour moi tout son charme. Mais ne nous
laissons pas entraîner ici par des apparences
exagérément vertueuses. Que l'argent aujour-
d'hui soit lié vraiment au travail, personne ne sera
assez naïf pour croire ce mensonge. J'accorde que
le travail soit devenu une condition nécessaire ; je
nie formellement que ce soit une condition suffi-
sante. L'argent n'a pris du travail que ses servitudes et ses ignominies ; il n'a rien pu gagner de sa
grandeur et de sa noblesse. Je ne suis pas le seul
d'ailleurs à avoir fait ces réflexions et, à regarder
les choses d'un peu plus près, on verra que le
travail est loin encore d'être devenu la mesure de
l'argent. L'idée de travail suffit désormais à
gâcher l'agrément de l'argent ; elle ne suffit pas à
assurer la justice. Un mineur travaillera toujours
autant qu'un ministre, mais un ministre gagnera

toujours plus. Ce n'est pas la patrie du communisme qui me démentira sur ce point. L'argent est lié désormais à la réussite, alors qu'il était lié jadis à la condition. Dans un cas comme dans l'autre, il est lié à la chance. La naissance d'hier, c'est la Loterie Nationale d'aujourd'hui.

Que cela est faux ! dira-t-on ; et on citera vingt noms de chefs d'entreprise qui ont travaillé comme des nègres avant de faire une énorme fortune. Et moi, je donnerai vingt millions de noms d'ouvriers qui ont travaillé comme des chiens avant de crever dans la misère. J'aurais horreur d'être accusé de cynisme parce que je n'aime pas les systèmes. Mais je crois qu'on m'accusera plutôt de platitude si je dis qu'il y aura toujours des riches et des pauvres. Franchement, j'aime mieux être riche. Mais, franchement, j'aime mieux être pauvre s'il faut gagner sa vie, c'est-à-dire la gâcher sans aucun profit pour quelque morale que ce soit. C'est pourquoi je mets ma confiance dans les gros lots du destin.

La religion chrétienne a donné un sens au travail : mais il n'y tient sûrement pas la première place. La prière, la méditation, qui niera que leur valeur soit mille fois supérieure à celle du travail ? J'aurais trop beau jeu à citer Marthe et Marie et les lis des champs qui ne travaillent ni ne filent. La valeur prêtée au travail n'est accordée en vérité qu'à l'argent qu'il procure. Cette hypocrisie me déplaît. J'avoue que j'aime l'argent sans aimer le travail.

Reste à savoir s'il ne s'agit là que d'un vœu pieux (pieux ! enfin, si j'ose dire...) et si je suis, malgré tout, personnellement condamné à travailler dans un bureau sale pour avoir juste de quoi sortir avec un col propre [1]. Sérieusement, je ne vois aucune raison pour cela. Nous sommes à une époque qui, pour avoir voulu assurer l'égalité des fortunes, n'a réussi qu'à en transformer la répartition. C'est le secret de cette répartition qu'il est important de découvrir. Nous avons établi déjà que plus de travail ne signifie pas plus d'argent. Je suis sûr que le plus puissant des magnats américains reconnaît que l'œuvre d'un linguiste obscur ou le pain quotidien d'un mécanicien russe leur réclament autant et plus de travail que sa fortune. La meilleure preuve que le travail n'enrichit pas, c'est que les pauvres travaillent sans fin. Alors ? Alors, de nouveau la chance. Une chance qui au lieu de précéder votre naissance comme il y a cent cinquante ans, vous tombe dessus au cours de votre vie. Remarquez, je vous prie, que la chance trouve grâce aux yeux de tout le monde. Et tel qui n'eût pas accepté des

1. C'est très exagéré.

privilèges arbitraires applaudira frénétiquement une actrice qui gagne des millions parce qu'un Italien, un beau jour, aura remarqué ses jambes. Et la chance permet même d'avoir de l'argent sans exploiter des ouvriers. Je ne dis pas d'ailleurs qu'il faille ne pas bouger le petit doigt pour tomber dans des flots d'or. Je pense qu'il faut choisir une de ces activités auxquelles la bêtise des hommes confère des privilèges qu'elle reconnaît facilement parce qu'elle les accorde elle-même. Il est terrifiant de penser qu'un monde qui s'est soulevé contre le pouvoir de l'argent se réjouit inlassablement de couvrir d'or ceux par exemple qui l'amusent ou le nourrissent. Cela est terrifiant mais instructif. Il ne faut pas être professeur de botanique, mais organiser des matches de boxe ; il ne faut pas dépeindre l'éclosion des bourgeons vers la fin du mois de mars, mais lancer des boissons gazeuses ; il ne faut pas mourir pour un État qui risque toujours de vous faire fusiller après vous avoir presque affamé : il faut trahir pour revenir se faire élire député ou bien faire le con devant deux millions d'yeux ou deux millions d'oreilles qui trouvent que trois ou quatre millions par mois c'est bien peu de chose pour quelqu'un qui chante si bien.

Qu'il y ait encore des gens après cela pour s'intéresser aux mœurs des harengs, pour peindre

les rives de la Marne et pour faire autre chose que
du cinéma ou de l'épicerie en gros, cela prouve la
grandeur et la sublime bêtise de l'homme. Car
enfin la science n'est pas l'apanage des moines,
l'art ne leur doit plus grand-chose et seuls pourtant ils semblent disposer des motifs suffisants
pour avoir faim, la tête pleine de belles choses. On
me dira que beaucoup de gens font de la peinture
ou de la géologie ou de la philosophie parce qu'on
vient de découvrir que cela rapporte de l'argent.
Je crois m'être dépeint suffisamment au naturel
pour avoir le droit de dire de cette interprétation
qu'elle est trop pleine de bassesse. Mais ce qu'il y
a de vrai, c'est l'incroyable ardeur au gain, après
le succès, de ceux qu'à l'origine on croyait, et à
bon droit, si éloignés de l'argent. Les noms
viennent en foule sous la plume ; on me permettra
de ne pas les citer. Je ne connais guère d'hommes
— sauf quelques saints et quelques rares génies —
qui après avoir goûté à l'argent s'en sont détour-
nés pour aller vers la science, vers l'art et vers le
dépouillement ; j'en connais beaucoup en revanche qui venus du règne de l'esprit s'en sont allés,
vite ou lentement, vers celui de l'argent.

 Je voudrais qu'on me croie si je dis que j'écris
ces mots avec beaucoup de sérieux et beaucoup de
tristesse : il faut être riche pour être heureux. On
ment lorsqu'on dit que l'argent ne fait pas le

bonheur. On ment ou on triche. Ah! bien sûr, il
n'y suffit pas tout seul; mais j'affirme que son
absence, elle, suffit bien toute seule à faire le
malheur. Je n'ai jamais trouvé que des femmes du
monde couvertes de bijoux et rendues pensives
par l'abus des cocktails pour jurer, avec des
larmes dans la voix, qu'elles renonceraient volontiers à leur fortune pour trouver le bonheur; je
n'en ai rencontré que deux ou trois qui l'aient fait.
Mais des milliers de femmes pauvres croiraient
vivre un rêve si elles recevaient cinq millions.

Pauvre, votre femme vous trompe, même si elle
vous aime, parce qu'elle — et vous — avez besoin
d'argent; pauvre, votre enfant crie, et il paraît
qu'un enfant qui crie pendant des heures et des
heures peut donner envie de tuer; pauvre, vous
êtes laid, méprisé, ignoré. Pauvre, vous êtes bête,
inculte, mal rasé, mal nourri; pauvre, vous êtes
méchant; pauvre, vous serez heureux, mais dans
l'autre monde seulement, et si vous n'y croyez
pas, tant pis pour vous; pauvre, vous êtes
malade; pauvre, vous êtes triste; pauvre, enfin,
vous mourez; et pas dans une belle clinique où
l'on vous apporte des fleurs et des bonbons de
chez Fouquet et des paroles de consolation, mais
à Lariboisière où personne ne vient vous voir.

Argent! combien peu de prières les hypocrites
t'adressent-ils! Qu'ils te bénissent, au moins, au

lieu de feindre de t'ignorer! Qu'ils sachent qu'ils
te doivent tout, parce qu'ils n'ont pas d'autre
mérite. Ah! combien il est juste qu'il soit plus
difficile à un riche d'entrer au royaume de Dieu
qu'à un chameau de passer par le trou d'une
aiguille! Car l'argent, c'est toute la vie de la terre.
Seule la vie éternelle peut entrer en balance avec
lui. Argent! je reconnais en toi le dieu nouveau et
éternel pour qui chacun de nos gestes est un
hommage indirect. Quelle fatalité, quel ordre
éternel pourraient donc résister à cette suprême
liberté, à ce surplus d'âme monnayé où se réfugie
toute l'ardeur du monde : l'Argent. Argent! combien peu de prières les hypocrites t'adressent-ils!
Qu'ont-ils donc à aimer la musique, les statues, à
admirer le ciel et la loi morale, et le système de
l'univers au lieu de s'agenouiller devant toi et
adorer ta puissance? Mais je me bats contre
l'évidence. Tout le monde sait que tu es le dieu du
monde et que tu donnes toutes les choses.

Et moi — ce n'est pas joli joli — je veux être
heureux dans ce monde et qu'on ne pleure pas
autour de moi parce qu'on aura faim ou seulement envie d'un sac. Et moi, je ne veux pas faire
ce que tout le monde peut faire et acheter quand
ça baisse et vendre quand ça monte. Je ne veux
pas m'ennuyer à travailler pour de l'argent. Je ne
veux pas m'abaisser à gagner une vie dont j'ai

l'audace de croire qu'elle m'a été donnée pour rien. Et moi, je veux que la vie me soit tendre et douce et que je n'en connaisse rien d'autre que ses délices que je chante. J'attends la fortune, dans mon lit, en dormant.

IX

DU SOMMEIL
ET DE LA PARESSE

Moi qui ne vaux rien que dans le loisir.
H. de Montherlant.

Je ne suis pas de ces imbéciles qui se croient
tenus de pleurnicher parce qu'ils viennent de
calculer que le quart ou le tiers de leur vie se passe
à dormir. Je me féliciterais plutôt de dormir
quinze heures sur vingt-quatre. Dans le sommeil
s'apaisent tous les tourments qu'apporte avec elle
la réflexion du jour. Dans le noir, je me perds à
mes propres yeux et disparais presque aussitôt
dans le calme épais et lourd du repos et du
sommeil. Je parlerais, je crois, des heures du
sommeil, de mon lit, du moment de s'endormir et
de se réveiller. Un de mes sujets d'étonnement est
que la littérature et l'art qui ont tant parlé de
l'amour, par exemple, n'aient guère parlé du

sommeil. Il est pourtant aussi important peut-être de dormir que de faire l'amour.

Au moment que je me glisse dans mes draps, l'argent, l'univers, la femme que j'ai ratée hier, les valeurs de la Bourse, la philosophie de Spinoza perdent soudain leur importance au seul bénéfice de ce poids sur mes paupières. Je vais dormir. Pendant huit heures, dix heures peut-être, je ne serai plus au monde, tout en y étant encore. Je pèse ma légèreté lorsque je vois que ne plus être au monde, pour moi, c'est dormir. Pour les autres, c'est la nuit mystique, l'aventure du Hoggar, la mort, le silence tragique ou absurde. Non, pour moi, c'est dormir. J'imagine quelle torture atroce doit être l'insomnie dans la souffrance. Certes, je ne connais pas cette douleur-là. Quand je suis malheureux, je dors plus encore que d'habitude. Ce qu'il y a d'exquis alors, ce n'est plus de s'endormir, mais tout simplement de dormir : c'est autant de gagné sur la douleur du jour.

Heureux ou malheureux, j'éprouve tous les soirs, au moment de me coucher, un plaisir tellement vif que, parfois, il m'effraie. Bien peu des délices de la vie luttent avec celui-là, si banal et si quotidien, et pourtant d'une qualité si rare que, s'il n'était donné que dix ou quinze fois dans une vie, il paraîtrait presque divin.

Tout le long du jour, quand le soleil est haut encore dans le ciel, je pense à ce moment qui va venir où l'agrément du corps s'unira au repos de l'esprit. Qu'importent, me dis-je, ces tribulations du jour ; elles paient mon repos, mon sommeil, la nuit. Je fais passer le temps comme je le peux, j'amuse le tapis en simulant des activités, des plaisirs ou des idées : en vérité, j'attends le soir. Au fur et à mesure qu'il s'approche, mon excitation croît en même temps que ma fatigue. Je suis comme un homme tourmenté par l'amour qui compte les heures qui le séparent d'une femme. Lorsque la nuit est close, je sens que j'entre dans mon domaine, je me réjouis de la voir couvrir non pas seulement mes vices ou mes passions, mais cette grande envie de dormir qui me précipite vers mon lit dans l'indifférence, les bâillements et des contradictions qui aspirent au néant. Enfin, j'approche de ce lit. Aucun rite ne m'en sépare, aucune manie, point de geste pieux : le sommeil pour moi est une religion sans formalisme. Je me rue dans mes draps en arrachant mes vêtements qui pèsent sur moi de tout le poids du jour. Le temps de me jeter dans un bain et de me laver les dents dans une impatience qui se fond en plaisir et mes yeux se ferment avec délices sur un monde qui disparaît. Ce qui sombre en ce moment c'est

toute la misère de la pensée, de l'agitation
humaine et de l'avachissement du corps.

J'en viens à oublier ma stupidité même, que je
n'ai rien fait du jour, que je me hais et me
méprise. Je dors. Mon corps cherche avec inno-
cence les attitudes les plus exquises. Quelques
idées vagues dans ma tête trottent en toute hâte
derrière leur signification et leur forme même. Je
suis un théâtre fermé où les comédiens revien-
dront. Mais pour le moment, c'est repos et
relâche, et il est divin de ne rien faire.

De temps en temps, le génie alors me visite.
Ah! Celle-ci est une idée rare et qu'il faut garder
pour demain. Mais déjà elle est loin. A-t-elle
même jamais existé? Et le sommeil recouvre tout.
Il me donne, comme l'argent, mais à bien meilleur marché, la félicité vague et floue de l'indécision. Il me semble que je suis beau, que je suis
riche, aimé, savant, et que tout se résout aisément
dans la facilité et la satisfaction.

Dix heures, douze heures par jour, c'est peu
pour être heureux. Aussi longtemps que je dorme,
le jour vient trop tôt me rappeler à la vie. Je hais
les réveils qui me précipitent dans la ville, dans le
café au lait, dans les papiers ignobles. S'il est une
joie que j'ignore, c'est celle des réveils. On dit
qu'ils peuvent être beaux lorsqu'ils accompa-
gnent le soleil. J'écoute ou je lis avec beaucoup de

passion ces récits des autres où la vie s'éveille avec
force. Le matin me trouve toujours triste, décou-
ragé d'avance devant l'ennui du jour. Non l'ennui, mais les ennuis dont nous accable le siècle :
l'argent à gagner, le bureau, le métro, la queue,
l'arrogance ou la stupidité, les papiers, la police.
Est-ce la folie qui me guette ? Je ne suis libre que
dans le sommeil. Et lorsqu'il se brise, j'entre dans
un cauchemar qui se traîne jusqu'à la nuit dans
une logique d'ennui et de dépérissement. Le soir
vers six heures, à l'heure où les lampadaires
commencent à s'allumer, je revis enfin. Non que
je craigne le soleil, dont on verra ce que je pense ;
je crains les hommes dans leur affairement imbécile. Dans la nuit qui tombe on dirait, en vérité,
que leur bêtise les aveugle soudain : dans les
bruits du jour, ils se trompaient encore eux-
mêmes ; dans la nuit tombée, le courage leur
manque pour vendre des chaussettes ou acheter
du charbon ; ils partent, à pas de loup, reprendre
des forces pour s'abrutir demain.

Moi, je sens que se termine le jeu que je joue
avec plus ou moins de succès. J'arrache mon
masque : je vais dormir. Dans les quelques heures
qui s'écoulent alors, le monde entier m'appartient, parce qu'il semble qu'on puisse enfin le
caresser sans bruit, comme un gros chat. Les
rumeurs s'éteignent. La planète devient un peu

plus humaine. Les gens s'apprêtent à faire l'amour ; ils se disent : « À demain les affaires ». Les empires vacillent et on se demande presque si, par hasard, il serait possible de vivre. Alors, j'écris, je lis, je rêve. Je fais les rêves les plus sots depuis que le monde est monde. Toute la mauvaise littérature me remonte à la mémoire avec ses ficelles et ses faux cheveux. Je ravage le Middle-West à la tête de cent cow-boys et je brise les cœurs et toute la ville parle de moi. Il y a dans un journal comique américain un petit garçon imbécile qui rêve ainsi de temps en temps qu'il sauve les États-Unis d'Amérique ou qu'il entre à Moscou ou qu'il arrache un vaisseau aux flammes. C'est moi. Il se mêle à ces divagations tout ce que la culture humaine a produit de fausse monnaie depuis ses origines les plus obscures. L'emphase, la préciosité, l'hyperbole la plus atroce, le plus mauvais romantisme, au moment où je vais m'endormir, je patauge avec joie dans ces délicieux marécages. L'échelle des valeurs subit alors d'étranges secousses. Ce qui était beau devient mortel, ce qui était affreux devient sublime. Et quand Cicéron se transforme en Mickey Mouse, je ferme les yeux, je m'endors.

La vie qui se poursuit ensuite dans les cavernes de mon oreiller vaut mille fois mieux que l'autre. Et lorsqu'un cri strident vient m'annoncer de

façon rogue que le café au lait est prêt, je pense
avec amertume à ce vieux Montaigne que son
père réveillait au son des violons. Mon rêve est
brisé, j'essaye en vain d'en rattraper des bribes,
de le prolonger au-delà de sa mort : vains efforts !
La nuit est finie, mon sommeil aussi. Il fait jour et
le matin est là.

Rarement, j'ai des cauchemars. Quelle joie
alors de se dire que ce n'est rien, que la vie n'est
pas si terrible, qu'il n'y a pas un mot de vrai dans
cette fuite éperdue le long d'un gouffre sans fond.
Douce nuit ! Non seulement elle nous donne
comme la vraie vie des plaisirs et des peines, mais
encore ils sont faux ! ce qui est exquis pour les
peines et peut-être pour les plaisirs.

J'aime cette fausseté de la nuit, cette erreur du
sommeil, ces rêves stupides et doux. Je me
souviens d'une époque où j'étais fort malheureux
mais où, grâce à Dieu, je dormais encore plus que
d'habitude. Quinze fois, vingt fois par jour, je
m'étendais sur mon lit pour pleurer plus à mon
aise sur mes illusions perdues. Au bout de dix
minutes, je dormais. Divin sommeil qui m'arra-
chait au malheur ! Je me souviens moins aujour-
d'hui de mes larmes réelles que de ces bonheurs
rêvés lorsqu'elles se tarissaient dans le sommeil.
Et au lieu de me rappeler mes chagrins, je me
rappelle mes songes.

Ces songes, ces rêveries où l'univers m'appartient, je n'ai pas besoin, à dire vrai, de dormir pour qu'ils me comblent de leurs dons. Il me suffit de ne rien faire, de ne pas avoir le nez plongé dans ces papiers infects appelés dossiers ou documents, et de me laisser aller à ce que m'inspire une mouche, un peintre qui siffle, un train, un archevêque qui passe. A ne rien faire, je m'épanouis. Je ne vaux rien dans le travail. Mais là où les autres s'évanouissent, disparaissent, se fondent en légèreté, dans l'inaction, dans la paresse, là je pèse lourd, car je les aime. Qu'on ne s'y trompe pas : je n'ai rien d'un poète, d'un artiste, d'un de ces tâcherons qui s'emparent du soleil pour le mettre en bouts rimés. Je ne fais rien de ce que j'aime, du ciel bleu, d'un film, d'une amie qui m'est chère : je les regarde en riant, je m'étire, je me sens bien. Ah! la belle vie que voilà à rêver, les bras en croix, sur les pelouses de Neuilly, sur les marches de la Trinité des Monts, près de la place d'Espagne à Rome, sur le sable de Saint-Tropez. Oui, le monde est à moi lorsque je me mets à ne rien faire.

Quoi de mieux que de ne rien faire ? Dormir me semble l'activité la plus haute et la plus féconde, le signe certain d'un esprit mûr, maître de lui-même et du monde. Un homme qui dort, dit Proust, tient en cercle autour de lui le fil des

heures, l'ordre des années et des mondes. Moi je
veux tenir en cercle autour de moi le fil des
heures, l'ordre des années et des mondes : je veux
dormir. A tout le moins, ne rien faire. Qu'est-ce
que c'est que cette vie où je me heurte sans cesse
au temps, à l'espace et aux imbéciles ? Qu'est-ce
que c'est que cette existence où je m'arrête sans
cesse à me considérer à cette heure, à cet endroit,
faisant telle chose, disant tel mot ? Je veux dormir.
A peine s'est-il détruit lui-même, cet instant de
bonheur où je m'enfonce dans le sommeil, que ce
point de contact disparaît, dont je ne pouvais me
défaire entre moi-même et le monde : je pénètre
alors enfin dans le royaume de la confusion. Il
semble que je me quitte moi-même, mais pour
aucun autre endroit où je me retrouverais
enchaîné. Où m'en vais-je donc alors, libre, seul
et délivré non pas seulement de mon corps, mais
de nos axiomes et de nos intuitions fondamentales ? Seigneur ! Je dois flotter dans le vide ! Ce qui
s'abolit en ces instants délirants où disparaît de
ma vie tout ce que vous pouvez y mettre, ce n'est
pas seulement la hauteur, l'épaisseur, la pesan-
teur et la faim, mais cette unité mesquine qui vous
fait comprendre tous les problèmes. Tout file dans
tous les sens, se multiplie, se divise, grandit, croît,
se ratatine en cinq sec, et se confond délicieuse-
ment. Chère paresse ! Tu vides le monde ! On ne

te connaît qu'au présent. Le passé n'existe pas
pour toi. Aucun prolongement de ces activités
néfastes pour pénétrer dans ton oasis de soleil que
défendent ta mollesse, ton indifférence et l'ennui.
Quant au futur, n'en parlons pas : la paresse n'a
pas de lendemain. Tu fais comme une parenthèse
floue dans la confusion dure des choses. Pour toi,
pas d'alors, pas d'ailleurs. Tu t'endors en toi-
même, ici, maintenant, sur ce sable, sous ce soleil.
Tu te moques bien des projets, des horaires, des
généalogies et des lois. Tu es ta propre Acropole,
sans influences et sans postérité. Paresse, je te
sacrifierai beaucoup, parce que tu combles tes
fidèles. Tu ne laisses pas de souvenir à ceux qui
t'ont beaucoup aimée : tu t'offres toujours neuve
et toujours entière. Que reste-t-il de ces journées
transparentes où chaque rayon de soleil et chaque
feuille qui s'agitait étaient comme autant de
promesses qui se réalisaient en elles-mêmes ?
Paresse, tu es sensible au cœur. Il semble que, de
toutes les occupations humaines, ne rien faire soit
la plus honnête, la plus propre, la seule logique.
Je ne trouve rien en toi de souillé ni d'existant. Tu
n'es rien que moi-même. Le plus pur de moi-
même, c'est de toi qu'il surgit et je doute, dans ces
instants prodigieux où je me dis : « Je ne fais
rien », si je peux vivre sans toi. Je me demande,
paresse, si tu ne donnes pas l'éternité. Il y a

comme un goût en toi que ne me laissent ni la
gourmandise, ni l'altitude, ni l'alcool et seul peut-
être l'amour, et où je me révèle à moi-même tel
sans doute que hors du temps. Paresse, je te
servirai toute ma vie, je te sacrifierai Hérodote,
l'alpinisme, quelques vilaines femmes qui préten-
draient me faire choisir entre leur agitation et ton
calme. Je me reposerai pour mieux te servir.
J'accumulerai des forces pour mieux te goûter. Je
brûlerai mes livres, mes passeports, je briserai
mes réveille-matin et je me coucherai sur le dos.
Et je dirai aux choses et aux hommes de me foutre
la paix parce que je t'ai trouvée, un soir, vague-
ment étendue, heureuse et ne pensant à rien.
Paresse, tu es toujours aussi neuve et jeune qu'en
ce premier soir où tu me donnas à moi-même.

Oui, entre le sommeil et la paresse, c'est peut-
être encore à la paresse que je décernerais la
palme. Car elle est le sommeil dans la conscience.
Ce n'est pas que l'on ignore, comme dans le
sommeil, qu'il y a des choses à faire et de l'argent
à gagner : simplement, on ne veut pas le savoir.
Et pour tout dire, on s'en fout. Ah ! ne rien faire
quand le ciel brûle la terre ! Ah ! ne rien faire dans
le soleil !

DU SOLEIL

Grand soulèu de la Provènço,
Fai lusi toun blound calèu!

Frédéric Mistral.

De tous les faux cultes, le plus vrai m'a toujours paru être celui du soleil. Il me déplairait fort de passer pour un maniaque ou pour un exalté qui prend feu et flamme pour son oreiller, pour ses gros sous, pour soi-même, pour le soleil. Il n'y a pas, au contraire, tant de choses au monde que j'aime. Mais le soleil, j'aime le soleil. Des passions comme celle-là ne prêtent guère à l'examen, à la critique des sources, aux tests ni à l'analyse psychologique. Elles sont là comme ça, tout bêtement, sans qu'on se demande d'où elles viennent ni jusqu'où elles vont mener. Quand je regarde le soleil dans un ciel sans nuages, je ne me pose plus guère de questions.

Dans ma vie sociale, l'amour du soleil joue ce
rôle, somme toute assez curieux, de me faire
passer de temps en temps pour un parfait imbécile. Car le temps qu'il fait occupe naturellement
mon esprit beaucoup plus souvent qu'il ne
convient à une intelligence normalement consti-
tuée. La place qu'il tient dans mes conversations
paraît d'abord monstrueuse à l'individu que
j'entretiens. Il se dit : « C'est un fou », puis :
« C'est un crétin » ; une certaine culture, la
connaissance exacte des dates de Marignan et de
la découverte de l'Amérique, la recommandation
indulgente de certains de mes amis font parfois
changer d'avis mon interlocuteur ahuri. Alors, il
pense : « Il se fout de moi ? » Mais mon air
candide, ma politesse l'éloignent encore de cette
idée. « Il s'ennuie », croit-il ; mais je parle du
temps qu'il fera demain, du nuage derrière le
Trocadéro, avec un intérêt si visible que mon
homme, soulagé d'avoir enfin trouvé la vraie
réponse, revient à sa première idée et, de nouveau, me prend pour fou. Oui, je suis fou de soleil.
Certains de mes souvenirs les plus anciens me
montrent à moi-même en train de travailler ou de
lire, derrière une table, devant la fenêtre. Et sans
doute ce que je lis ou ce que j'apprends me paraît
fort digne d'intérêt : c'est la mort de César ou
c'est la passion de Phèdre ou peut-être aussi la

reproduction des cryptogames vasculaires, sujet
bien fait, comme chacun sait, pour éveiller l'intelligence. Mais derrière la fenêtre ouverte, il y a un
grand coin de ciel bleu qui se découpe au-dessus
des maisons. Et il n'en faut pas plus pour que je
bondisse d'un seul coup dans l'univers du soleil.

Car le soleil, c'est d'abord pour moi un monde
facile et pur où le travail, l'ennui, les chagrins
d'enfant, les efforts et le temps sont comme
pompés et refoulés on ne sait où : ils disparaissent
dans une grande sécheresse. Ce qui les remplace
alors, c'est une foule de plaisirs à la fois calmes et
brûlants. Je me souviens qu'en levant les yeux de
dessus mon Tacite, je voyais naître sous mon
pauvre soleil de Paris des mers, des casinos, des
golfes énormes et verts, la neige, des bateaux, des
châteaux forts et des forêts. Ce qui survenait
ensuite sous ce soleil implacable n'avait pas
grande importance. Je me rappelle seulement
qu'il se passait beaucoup de choses, mais qu'elles
étaient toujours simples et nettes parce que le
soleil les brûlait. Les histoires elles-mêmes défi-
laient à la vitesse d'un songe. Il n'en restait, au
creux de la main ou sur le bras étendu sur la
table, que la chaleur du soleil et un grand
bonheur. Je fermais mon livre, presque avec
fureur. Je me levais de ma chaise ; j'allais à la
fenêtre. Je me penchais à en tomber pour voir

jusqu'aux limites des toits et des rues les contours
de mon ciel bleu. Et je le voyais aller jusqu'à
Cannes, jusqu'à Florence, jusqu'à Séville, jusqu'à
Rome, partout où l'on m'avait dit qu'il fait bon
vivre, que les choses sont belles et qu'il y a des
hôtels d'où l'on va visiter les musées. Je ne suis
pas très sûr si cette grande joie un peu triste qui
s'éveillait alors en moi venait des musées ou des
hôtels. Lorsque, plus tard, je pus visiter à mon
tour ces villes fabuleuses que m'évoquait le soleil
et habiter dans ces hôtels ou dans ces palais que la
fortune de ma famille me permettait de fréquenter, je me demandai si ce que j'aimais vraiment
c'était le Forum sous le soleil, le Généralife sous le
soleil, la tour de Pise sous le soleil ou bien les
jardins de l'hôtel Beaurivage où le petit déjeuner
est servi sous le soleil. Qui peut le dire ? Je ne
saurai jamais, je crois, à quel point je suis sincère
ni à quel point superficiel. Ce qui est sûr, c'est que
sans le soleil, sacrés ou profanes, mes plaisirs
s'évanouissent. Entre un café au soleil et tous les
trésors de Cézanne dans la salle obscure d'un
musée, je me rue au café m'avachir sur une
chaise, les jambes étendues, la tête penchée en
arrière pour mieux recevoir mon dieu.

Les grandes dates de ma vie sont scandées ainsi
par des taches de soleil. Le soleil sur la neige, sur
la mer, sur les lacs, sur mes amours, ce sont là des

images, bien sûr, d'une banalité assez écœurante.
Mais là encore, qu'y puis-je ? Tant mieux si tout
le monde aime le soleil ; on me comprendra
mieux. Quant à dire des choses neuves, c'est bien
le dernier de mes soucis.

Mon goût pour le ski, pour la nage, pour la
campagne, pour l'Espagne et l'Italie n'est peut-
être, au vrai, qu'un goût pour le soleil. L'Angleterre, les pays du Nord ne m'attirent guère et le
poème de Baudelaire sur la Hollande m'est
toujours resté mystérieusement fermé. Tout ce
qui est Midi m'enchante, me fait frémir de joie et
presque de volupté. Je me souviens de ces descen-
tes vers le Midi, au volant de ma voiture (car un
luxe modeste se mêle toujours pour moi, un peu
ignoblement peut-être, aux soleils couchants et à
mes émerveillements ; et les réclames pour bril-
lantine ou pour joints de culasse où l'on voit des
cheveux au vent dans un cabriolet décapotable ne
sont pas sans charmes sur mon imagination), et
des brumes de Lyon d'où l'on sort péniblement,
vers Vienne d'abord, puis vers Valence. On
s'arrête pour déjeuner ou pour prendre de l'essence et le soleil se montre à travers les nuages.
« Alors, vous avez chaud, ici ? » — « Hé ! c'est le
Midi moins le quart ! » Il doit la répéter vingt fois
par jour, le brave homme, aux touristes naïfs,
cette plaisanterie éculée. Elle me grise. Je l'em-

brasserais. Je ferme les yeux. Je me dis : c'est le
Midi. Entre Montélimar et Orange, quelque part
sur la route, il y avait une pancarte (on l'a
enlevée, je crois) et sur cette pancarte, ces mots :
« Ici commencent les cyprès, ici commence le
Midi. » Je ne voudrais pas faire de littérature sur
le soleil que j'aime ; mais cette pancarte me
rendait fou. J'avais beau me dire : « Va lentement. C'est le Midi », je ne pouvais m'empêcher
d'accélérer furieusement. Le ciel devenait bleu,
bleu à perdre haleine et dans l'air brûlant mon
moteur, un peu vieux, se mettait à chauffer. Je me
transformais en guide bleu : à partir d'Avignon
où je m'agitais comme un fou pour voir en deux
heures le Palais des Papes, le Pont et Villeneuve-
lès-Avignon dans une prodigieuse blancheur, je
me mettais à connaître presque tous les tournants
de la route. Je les connais parce que je les aime. Je
n'ai point d'autres liens avec ce pays que mon
amour pour lui : je conserve l'impression exquise
d'y être un étranger. Je n'y ai point de famille,
point de bureau, point d'intérêts. J'y suis plus
près du soleil que partout ailleurs. J'entre dans le
soleil plus encore qu'il n'entre en moi.

Du côté de Cavaillon, c'est une espèce de
fournaise entre des melons et de hautes herbes qui
sont peut-être des roseaux, je n'en sais rien, je ne
connais rien non seulement aux beaux-arts

comme je le disais à la première page de ce livre, mais encore à la botanique. Du côté d'Aix-en-Provence, ah ! du côté d'Aix-en-Provence... Mais la route est longue d'Aix-en-Provence à Rome, à Naples, à Palerme, à Séville, à Agrigente que je ne connais pas, à Barcelone que je ne connais pas, à Grenade que je ne connais pas... Le long de la Méditerranée, entre Gibraltar et Constantinople, jusqu'à Lucerne et Innsbruck au nord, s'étend mon royaume. Le soleil y brille sur ma mer, sur mes lacs, sur mes plaines, sur mes villes et sur mes montagnes. Il fait toujours beau sur Antibes, sur Florence, sur Ramatuelle, sur Bellagio. Peut-être est-ce parce que je passe dix mois de l'année derrière un bureau stupide à faire le pitre sérieux, mais les simples noms de Malaga, de Vérone, de Saint-Paul-de-Vence ou de Lugano me font battre le cœur. Je regarde vers le ciel comme lorsque j'avais quinze ans. Et qu'il soit brumeux ou clair, la mélancolie m'envahit, comme elle pénétrait en 1835 les jeunes gens rêveurs, élégants et tuberculeux qui avaient alors, peut-être, des rêves plus nobles que les miens et que la liberté grisait. Elle est plus vive encore peut-être, si le soleil brille sur le rapport que j'écris ou sur la lettre que je signe : c'est la même histoire qu'à l'époque de mon baccalauréat. Je me maudis d'être stupide et de perdre pour toujours ce jour unique du 10 ou du

12 ou du 20 ou du 25 mai où j'ai vingt-quatre ou
vingt-six ans. Jamais le soleil ne brillera aussi fort,
jamais le ciel ne sera aussi bleu, jamais ce jour ne
reviendra où l'air était si léger et la lumière si
transparente. Je me perds, je m'enfonce dans ma
fuite ; demain j'abandonne cette vie, je pars vers
le soleil, vers l'Espagne, vers cette Italie pour
laquelle, selon Stendhal, il faut vendre sa chemise, quand on a, par hasard, à la fois un cœur et
une chemise. Oui... mais les chemises coûtent si
cher ! La vie facile, la vie aisée, l'argent... déjà le
soleil se cache. Encore une journée de perdue.
Courage. Il y en aura d'autres.

Alors, j'attends la pluie avec une impatience
qui atteint presque à l'angoisse. Quand le dernier
lambeau de ciel bleu disparaît sous les nuages,
c'est comme si l'on dissimulait soudain à Tantale
les trésors qu'il ne peut pas atteindre. Et puis
enfin la pluie tombe. Je me remets à mon rapport.

Parfois pourtant, comme lorsque je descends
vers Aix et que la montagne Sainte-Victoire se
dresse sur ma gauche, je vous assure que je ne
guette pas les nuages. Ou plutôt si, je les guette
encore, mais comme on guette la toux chez le
malade ou le mensonge chez la femme aimée.
Quel soleil ! Il frappe si fort la route qu'il s'en
échappe comme une brume brûlante qui danse
devant mon pare-brise. Il y a peu de choses à dire

en dehors de : « Quel soleil! » Soudain, je m'inquiète : le temps se gâte. Il se gâte parce qu'un minuscule nuage vient d'apparaître, à droite, au-dessus de l'olivier. Alors, je m'arrête, inquiet, et j'examine le ciel. Mais il reste bleu, bleu à perte de vue et je me dis un peu pédant, un peu ironique, mais si heureux : « C'est un jour glorieux. »

Quand le soir tombe, le dernier jour, et que je regarde pour la dernière fois ce soleil éblouissant derrière le pin parasol, un peu à droite de la maison, juste au-dessus du chemin qui fait comme une longue traînée blanche d'une beauté presque indicible, alors je crois vraiment que je vais me mettre à pleurer. Ah! bien sûr, c'est ridicule, c'est pompier et puis ce n'est pas neuf. Mais ce ne sont pas les promesses de la saison théâtrale à Paris ni les expositions d'art moderne qui m'apportent alors des consolations. Je reste là à regarder mon soleil qui descend lentement derrière la colline. Je vous jure, pour ma défense, que je ne remue pas de poème dans ma tête, que je ne compose pas d'élégie et que je ne regarde même pas les couleurs. Je cherche seulement à attraper encore un rayon de soleil, je maudis le lendemain qui me rendra au bureau, je pense, non pas à l'âme du monde, mais à ce fameux repas fait la veille dans le bistrot au bord de l'eau.

Adieu, soleil ; ce n'est pas toi que je retrouverai demain, pâle et sec comme un comptable, derrière les nuages de l'Opéra ou de Saint-Germain-des-Prés. Adieu soleil de mes vingt-trois, de mes vingt-quatre, de mes vingt-six ans.

Divin soleil ! Tu changes le monde. Je ne crois pas que tu sois le même, rose à Rome, bleu à Cannes, blanc à Arles, à Rabat, à Saint-Moritz, rouge à Marrakech ou à Cortina d'Ampezzo. Il y a mille soleils comme il y a mille lacs et mille ports et mille bancs dans les jardins publics où s'asseoir vingt minutes entre le train qu'on vient de quitter et le train qu'on va prendre. Je veux les connaître tous et je sens trop quand l'un d'eux s'en va que je ne le reverrai jamais plus. Ah ! la poussière qui s'élève dans le soleil sur les chemins desséchés ! Ah ! les cigales qui chantent parce qu'on étouffe ! Ah ! le silence qui tombe du soleil comme mêlé à son feu !

Cela est un peu enfantin, dira-t-on, et ennuyeux. Quinze mots auraient suffi pour dire : j'aime le soleil ; le soleil chauffe ; les cigales chantent ; la mer est bleue. Certes, mais il faut bien parler de ce tremblement de tout mon être, cet anéantissement, cette plénitude. Et tant pis si, pour les traduire, je retrouve les mots de Rostand ou de la chanson populaire. Je sais bien que ce que je ressens alors, c'est le meilleur de moi-

même. Et je donne tout l'Empire de Chine et
toutes les thèses de l'Université de Paris pour une
seule journée de soleil.

Voilà le soleil qui devient rouge, le ciel bleu qui
devient noir. Le vent qui se lève alors apporte
avec lui toute la mélancolie du soir. Encore une
journée de finie. Je ne veux jamais l'oublier parce
qu'elle a été vide et belle. Encore une nuit qui
commence de cette allure sourde et lente qui se
dénoue brusquement lorsque la première étoile
s'allume. Voilà mes mythes qui resurgissent et
mes rêveries qui me reprennent. Je lève la tête
vers la boule de feu. Je dis : le ciel est rouge, là-
bas. Je me renverse vers les étoiles et je vois la
lune dans le ciel encore clair. Cela me fait rire,
bêtement. Voilà le vent qui se lève, voilà les
étoiles qui naissent : deux fois, trois fois encore je
me répète ces pauvres phrases et la mélancolie qui
m'envahit, je ne vais pas chercher midi à quatorze
heures pour savoir ce qu'en vaut l'aune. Les
progrès de la nuit sur le jour me jettent dans des
méditations sans fin, sans signification et véritablement sans valeur. Tiens, voici Vénus qui naît.
Tiens, l'étoile du Berger. Ce n'est naturellement
ni l'une ni l'autre, d'autant moins que c'est la
même. Mais cela n'a aucune importance.
J'éprouve tant de plaisir à dire des choses sans
suite. Le ciel est rouge là-bas. J'ai peur qu'il ne

fasse mauvais demain. Je hoche la tête comme un berger de Giono. Dieu, que le soir sent bon ! Je respire un grand coup : cela fait tomber la nuit.

Voilà le soleil qui disparaît. Un grand silence bleu tombe sur ma vie. L'espoir qui m'envahit alors est d'une tristesse et d'une force infinies. Il va du lieu commun à la déraison, du cliché au délire verbal. Oui, l'Angleterre est une île, Gœthe est un grand poète, Lincoln un homme d'État, le samovar une bouilloire russe, et à cent degrés, l'eau bout. Comment douter encore du lien secret mais sûr qui unit entre eux l'air apaisé du soir et le calme du cœur, joint l'effet à la cause et tisse un fil discret entre les étoiles de la Grande Ourse ? Je suis un îlot calme dans un univers bien réglé. Je peux étendre les bras et respirer si fort et regarder si loin au-dedans de moi-même que s'engorgent tous mes sens. Mais derrière ce voile qui s'étend entre moi et la mer, les sapins, les chevaux de bois, je sais qu'arrivent à l'heure, dans de petites gares incroyables, l'Orient Express et la Flèche d'Or. Aucune pendule ne retarde, les éléments sont amis, aucun briquet ne s'éteint, les lettres et les notes viennent s'assembler d'elles-mêmes pour former sans encombre la Neuvième Symphonie et le nom de Hugo. Il n'y a plus de faux pas à la surface du monde, et le temps vingt-trois fois dans ses fuseaux horaires va traduire cet instant.

Que veulent dire anarchie, désordre, désespoir ? Jamais la terre n'a été si ronde, toute chose si pareille à elle-même, les formes et les couleurs si régulières et pures et mon indifférence si totale. Personne n'a besoin de moi. Je vais finir par croire aux harmonies poétiques, économiques et sociales. Un étrange désir s'empare soudain de moi d'appeler chaque chose par son nom et de dire le ciel bleu, comme il fait bon ce soir, si j'osais, je vous... et s'il s'en avance un de dire : « Voici un nègre. »

Je cherche des points de repère pour suivre jusqu'à la mer une allumette au fil de l'eau. Voici tous les secrets du monde à la portée de ma main. Je n'ai qu'un geste à faire pour les découvrir tous et que se révèlent à moi la pierre philosophale et la faille des sophismes. Ce geste je ne le ferai pas. Il me suffit de savoir que je pourrais le faire. Peut-être est-ce de cette distance entre Achille et sa Tortue, de l'élan sans mouvement de la flèche de Zénon que dépend ce soir l'architecture du ciel. Mon ambition se gonfle : elle épouse sans faiblir les limites mêmes de la nuit. Comment décrire cette nuit si semblable à toute autre ? La lune va se lever si elle ne l'est déjà. Rien ne se crée ce soir, rien ne se passe dans le monde : je serais déjà prévenu. Dieu classe les affaires courantes. Le vent se lève et tombe pour meubler le silence. Un

grand trouble m'envahit, un grand calme me
pénètre. Je veux bien fermer les yeux, oublier que
je sais tout. Je crois... je ne sais si j'oserai... je
crois... je n'oserai jamais, que le monde est à moi.

Ainsi je déraisonne dans les trompettes des
autres. Et Giraudoux ou Valéry ou Heine ou
Racine me visitent le soir. Et moi je reste caché
dans un coin, immobile, le cœur battant, disant
merci, mon Dieu, en complotant un mauvais
coup. Tout le passé du monde donne la main à
mon avenir et ils se rencontrent dans ce soir.

Je me dis une dernière fois, comme si cela
prolongeait ce moment entre mon soleil et ma
nuit : quelle belle journée, quel beau soir, quelle
belle nuit. Je regarde cette colline que je n'osais
pas regarder, je regarde cette image que je n'osais
pas regarder. Voilà le vent qui se lève, voilà la
nuit qui tombe. Comme il fait beau. Comme j'ai
mal.

XI

DE L'AMOUR ET DES FEMMES

Oui, je n'ai pas honte de l'avouer, je ne pense
à rien, si ce n'est à l'amour.

Aragon.

Après toutes les banalités que j'ai dites, il ne me reste plus, pour boucler la boucle, qu'à écrire quelques mots, très simples mais très beaux, sur l'amour et sur les femmes : les voici, sans fausse modestie.

De tous les motifs de vivre, quoi que j'aie pu dire du sommeil, de l'argent ou du soleil, le seul qui compte est l'amour. L'amour ne se confond pas, bien sûr, avec les femmes. L'amour de Dieu, l'amour du prochain, l'amour pour les bêtes, la pédérastie et l'homosexualité ont chacun leur domaine qui, pour la plupart d'entre eux, est vaste. Je ne parlerai ici que de l'amour des femmes, que je ressens avec le plus de violence, ce

qui est d'une originalité extrême dans le monde
où nous vivons. L'homosexualité ne m'intéresse
que dans la mesure où elle écarte de mon chemin
un certain nombre d'hommes, en général intelligents et même beaux. Je leur suis reconnaissant
du service qu'ils me rendent en me laissant la
place vide tout en bornant là nos rapports. Des
réactions tout impulsives et qui n'ont naturellement rien à faire avec la morale m'éloignent
instinctivement de ce genre d'activité. Pour moi,
qui admire si facilement les gens, un homme est
perdu lorsqu'il est pédéraste. Les femmes apportent dans ma vie — et je suppose toujours, mais
un peu naïvement, dans celle des autres — le
ferment sans lequel, littéralement, je ne puis
vivre. Dans la vie des grands hommes, que je lis
souvent avec passion, le chapitre des femmes me
semble toujours le plus fascinant. Et les billets de
Musset à George Sand, les lettres des Polonais
suppliant Marie Walewska de se donner à Napo-
léon, les amours de Byron, le *Divan* de Gœthe, et
Cléopâtre me paraissent ce qu'il y a de plus beau
au monde. Cela encore, c'est bien banal.

Ce qui me plaît d'abord dans l'amour, c'est la
contradiction permanente. Depuis cinq ou six ou
dix mille ans, bien plus encore peut-être, qu'on le
peint, rien n'est épuisé de ses ressources infinies,
de ses pièges et de ses mensonges. Aucune loi,

aucune règle; aucun moyen de prévenir le malheur; aucun précepte, aucune recette : on ne se
fait pas plus aimer parce qu'on a lu Proust et
qu'on connaît Ovide. C'est le désert, l'anarchie,
l'émerveillement, la science innée et le don gratuit. Rien n'est prodigieux comme de voir une très
jeune fille faire ses gammes d'amour. Elle ne sait
rien, mais elle sait tout. L'expérience et la vie lui
apprendront quelques tours de bateleurs, trois ou
quatre trucs, comment fuir, comment se coiffer :
elles ne lui apprendront rien sur l'essentiel, sur ce
que l'on n'ose plus appeler les larmes parce qu'on
a tellement pleuré dans les romans à quatre sous,
sur ce que l'on n'ose plus appeler le cœur parce
qu'on en a tellement parlé à propos d'analyse,
d'explication française et de lectures commentées.
Tout est toujours neuf et tout est toujours pareil.
Qu'on puisse encore lire *Tristan et Yseult* avec le
souffle coupé et qu'on puisse encore crier de
douleur parce qu'une femme vous fait souffrir,
voilà un miracle toujours assez admirable.

On est toujours prévenu de tout dans l'amour,
et toujours l'inattendu arrive. L'amour fond sur
nous sous les espèces d'une amie d'enfance ou
d'une rencontre au coin d'une rue : rien de plus
quotidien, en vérité, et voilà ce qui vous fait verser
des larmes de sang et vous ferait rire dans un
roman. Depuis les siècles et les siècles qu'on aime

des femmes qui ne vous aiment pas, le récit de ces
malheurs lasse les âmes les plus tendres ; mais le
malheur même est toujours pareil à ce qu'il était
au premier jour. Il y a mille et mille combinaisons
de l'amour heureux ou malheureux, sacré ou
profane, noble ou lâche ; mais enfin, depuis mille
et mille ans toutes ces combinaisons ont dû se
rencontrer mille et mille fois. Eh bien ! qu'importe, on pleure encore, on aime encore.

L'amour tire beaucoup de ses plaisirs de ces
contradictions souvent funestes qu'il entraîne
avec lui. A dire le vrai, je distingue mal l'amour
de ses drames. L'amour heureux m'intéresse peu.
Ce que j'aime dans l'amour, c'est qu'il soit, selon
des paroles fameuses, trompé, fugitif ou coupable.
Cela aussi est la preuve, je pense, d'une jeunesse
d'esprit tardive, d'un manque de maturité regret-
table. Là encore, me voilà impuissant : qu'y puis-
je ? J'imagine mal un amour qui ne serait pas
contrarié.

Cela ne signifie pas que je n'aime que les
amours passagères ou irrégulières. Cela signifie
que j'aime les amours qui me présentent un
danger. J'aime les amours inquiètes, même si
l'inquiétude vient simplement de l'infidélité de
l'objet de cet amour. Cela est dit en termes
nobles. En termes de comédie, cela s'exprimerait
plus simplement, mais ignoblement. L'état de

cocu ne me paraît pas méprisable pour l'esprit. Mais il ne faut jamais exprimer les choses en termes de comédie. La comédie est basse. Je passe pour — et je suis, sans doute — léger, gai et superficiel; mais la comédie me dégoûte. Je la méprise. En amour, principalement, je ne respire guère que dans le drame.

Cette attitude va si loin que je sépare difficilement l'idée d'amour de celle de rivalité. Il faudrait rechercher les origines de cette association dans mon esprit, et quelles amours enfantines ont lié en moi le combat à la tendresse. La psychanalyse que j'abhorre m'y aiderait sans doute. Mais je me moque un peu des origines et je vis fort bien ainsi. Il ne suffit pas de dire que je supporte mes rivaux. Je les crée. Il m'en faut à tout prix. Et un flair infaillible me les désigne d'avance. Je sais parfaitement, lorsque je parle d'hommes à la femme que j'aime, ceux dont je parle par jeu et ceux dont je parle avec terreur. Je les vois s'approcher, rôder lentement et je devine leurs intentions avant qu'ils les connaissent eux-mêmes. Et il m'est arrivé plusieurs fois — il n'y a rien de risible là-dedans que pour les esprits bas — de désigner à une femme mon successeur qu'elle ignorait encore. Une fois les choses parvenues au point où les sentiments sont clairs, il m'est impossible de refuser la bataille, d'éloigner mon adversaire, de partir avec mon amour. Je ne prétends à rien de beau ni de bête là-dedans : simplement je ne peux pas. Il me faut prêter ma voiture pour des promenades qui me font hurler de douleur, les envoyer ensemble au cinéma pendant que je suis comme mort sur mon lit. Je ne crois pas aux mariages de convenance, aux amours raisonnables, à ce qui dure parce qu'on le veut ; ou plutôt, même si j'y crois, je n'en veux pas. Je pense qu'il faut laisser les choses se développer normalement, donner toutes les chances à mon rival et qu'il y ait un choix clair ensuite. Je préfère le dire tout de suite : il est souvent fait contre moi.

Cette forme d'honnêteté, cette grandeur d'âme admirable ne vont pas jusqu'à faire de moi une victime consentante et un cocu magnifique. Une fois l'adversaire salué, je ne déteste pas me battre jusqu'au moment où l'autre ou moi touchons terre des épaules. Mais je parle là surtout de luttes de longue haleine qui finissent souvent par être amères. Là n'est pas le plaisir mais la douleur. Le plus amusant dans ce jeu, c'est les débuts. Lorsque j'arrive et que la place est prise, j'entends qu'on me fasse les politesses dont je fais montre pour les autres. Je m'étonne parfois de ce que tout le monde ne facilite pas aux rivaux les formalités nécessaires, comme je les facilite pour

ma part à mes propres adversaires. Une fois ces
formalités accomplies, de gré ou de force, le
rideau se lève et le spectacle commence.

Je ne supporte pas de n'être pas aimé. Autant
j'aime les amours malheureuses et le goût de
cendres qu'elles laissent au cœur, autant j'ai
besoin qu'une femme, que deux femmes, que dix
femmes pensent à moi avec une tendresse qui ne
me fait point rire. Conquérir cette tendresse est le
délice de la vie. Forcer un être à vous faire une
place en lui-même, parvenir à vaincre deux fois,
dix fois, dans deux, dans dix cœurs différents,
c'est donner à son existence des dimensions
nouvelles sans lesquelles je ne saurais pas vivre. Il
me semble que ma vie s'élargit de tout l'amour
qu'on a pour moi, que je respire mieux, que mon
sang circule mieux, lorsque je ne vis pas seul en
moi-même mais dans telle mémoire, dans tel
amour, dans tel espoir. Pour parvenir à cela, tout
est bon. Cela n'est pas toujours joli joli. En
vérité, c'est abominable. Mais il y a un atroce
plaisir à prendre une femme à quelqu'un et
d'abord à elle-même. C'est une terrible griserie
dont on ne se défait pas aisément.

Je ne m'amuse plus des attaques brusquées ni
des coups de surprise. Le plaisir vient surtout de
prévenir la victime, de la mettre sur ses gardes et
d'obtenir ensuite ce qu'on veut, sans rien cacher

de ce désir. La conduite la plus droite est parfois
la meilleure (j'entends le mot au sens technique,
non pas au sens moral), et dire : « Vous savez, je
suis un salaud », est souvent moins une franchise
que la suprême habileté. Je cherche parfois à me
faire croire que j'obéis à des scrupules en tenant à
prévenir l'adversaire. Pour être tout à fait franc, je
ne suis pas sûr que ces motifs apparents soient
véritablement les bons. Dire à quelqu'un :
« Comme je suis mal ! » n'est probablement pas
une preuve de remords. Il n'y a qu'à voir l'effet
que produisent ces paroles sur des âmes tendres et
pures. Je pense souvent que si une troisième
personne, que j'imagine raisonnable, d'âge mûr et
sans illusions, était dissimulée sous le divan ou
derrière les fauteuils de cinéma où nous sommes
assis, elle et moi, l'impudence un peu ignoble de
mes paroles la frapperait avec violence. Tout est
truqué dans l'amour. Tout peut aussi bien y
sembler bouleversant de pureté que répugnant de
fausseté. Et l'admirable, c'est qu'une fois l'amour
né, un peu comme un siphon qu'il s'agit d'abord
d'amorcer, tout ce qui paraissait atroce à la vieille
dame d'œuvres cachée derrière mon divan trouve
le chemin du cœur de celle qui pourtant, bien
souvent, quand elle n'est pas stupide, sait que ces
paroles sont fausses, mais les aime pourtant. Et

peut-être, à force d'y croire, parvient-elle à les rendre pures.

On peut tout dire de l'amour. Tout ce qu'on en dit est vrai, et le contraire aussi : cela est frappant dans la littérature. J'ai écrit tout à l'heure qu'il était fait de contradictions. On pourrait soutenir tout aussi bien qu'il suffit qu'il paraisse pour que les contradictions s'évanouissent. Ce qui m'émerveille le plus, dans l'amour comme partout ailleurs, ce sont ces instants où se révèlent en même temps sa force et sa banalité. Si elle ne vous aime pas, rien à faire ; tous les efforts et tous les jeux resteront définitivement inutiles. Mais si elle vous aime, rien à faire non plus. Quand on lit dans les romans de gare qu'elle l'aimerait encore lâche, défiguré, meurtrier et voleur, il me semble toucher enfin du doigt cette certitude inébranlable sans cesse poursuivie dans les vicissitudes de la vie. Quoi ? Plus besoin de lutter, de s'améliorer, de se transformer pour garder ce bien suprême auquel ont mené tant d'argent, tant d'efforts, tant de peine et tant de temps ? Tous les autres plaisirs, tous les autres bonheurs de la vie, la moindre distraction suffit à les menacer. Mais le plus fragile de tous les bonheurs, rien n'ébrèche sa solidité. Faites ce que vous voulez, elle vous aime ; trompez-la, elle vous aime ; ruinez-vous, elle vous aime ; devenez une loque, elle vous aime ; faites-

vous tourner le dos par le monde entier, par vos
amis, par votre famille, elle vous aime. Il y a là, je
crois, de quoi devenir fou d'orgueil et de bonheur.
Il arrive pour quelques hommes — peut-être pour
chacun une fois au moins dans sa vie — qu'un
autre être humain les transporte ainsi au-dessus
d'eux-mêmes. On a beau nous dire que la vie de
chacun de nous n'est que l'ensemble de nos actes,
il se trouve quelqu'un pour vous aimer en dépit
d'eux, contre eux. On finit par se demander ce
qu'aime alors cette personne. Ce n'est pas nous,
bien sûr, puisque nous c'est d'abord ces mensonges, ce vol, ce meurtre, cette lâcheté. Alors ?
Quelle est cette essence, ce souvenir, cette idée
qu'elle aime ? Peut-être n'est-ce même plus nous,
est-ce simplement l'amour ? Mais l'amour, pour
elle, c'est moi. Il y a de quoi se sentir devenir
dieu.

On imagine bien que tout le monde souhaite
volontiers devenir dieu. Aussi l'amour est-il universel. On finit par se demander pourquoi on
n'élève pas les garçons dans la seule idée de plaire
un jour aux filles. Il faut dire qu'on n'est pas loin
aujourd'hui, dans les sociétés dites occidentales,
d'élever les filles dans la seule idée de plaire aux
garçons. Alors pourquoi, tout de même, ces
réserves qui se font jour quand un garçon ou un
homme se met à signifier qu'il entend se consacrer

à l'amour seul ? On peut les expliquer, bien sûr, par une simple et hypocrite jalousie. Mais cette hypothèse est insuffisante quand la suspicion et l'inquiétude viennent de cette catégorie d'êtres qui ne songent qu'au bonheur du garçon ou de l'homme en question : ses parents, sa famille, ses amis. Je ne crois pas beaucoup à la jalousie inconsciente. Elle peut jouer, bien sûr, mais, de grâce, ne collons pas l'inconscient partout. Non, quelque agaçantes que puissent se révéler ces bonnes intentions étouffantes, elles trouvent leur justification, il faut bien le reconnaître, dans la nature même de l'amour.

Non seulement l'amour d'un être empêche d'aimer tous les autres (Proust le dit mieux que moi quand il écrit dans son style inimitable : « On n'aime plus personne quand on aime »), mais, il faut le dire car cela est, il empêche tout. Un homme qui aime ne cherche plus qu'à se perdre dans son amour, à le sauver s'il le croit menacé, à en jouir si rien ne le trouble. Et, certes, la bourgeoisie a bien tort de vouloir empêcher les mariages d'amour au profit des mariages d'ordre, d'argent, de tradition ou de raison. Car l'amour est plus que tout cela. Mais il y a quelque chose qui est bien au-dessus de l'amour — seulement, il faut le reconnaître, la bourgeoisie n'en connaît

plus rien : c'est une certaine ardeur à vivre qui
s'épuise dans l'amour.

Entendons-nous ; elle ne s'épuise que pour ce
qui n'est pas son amour. Elle se déchaîne au
contraire — et surtout, là encore, dans le cas des
amours interdites — dans la recherche des ruses,
des ardeurs et des renouvellements. Mais elle se
tarit pour les spectacles du monde, pour la divine
surprise qu'elle n'attend plus hors de la venue
d'un seul être, pour l'imprévu des jours et les
aventures de la nuit. Ce n'est pas en vain, certes,
que la civilisation occidentale a mis plus de
distance que toute autre entre l'âge de l'amour et
l'âge de la puberté : toutes les années gagnées sur
l'amour sont gagnées pour l'esprit. Tant que
l'amour n'est pas là, l'attente et l'espoir font que
tout est permis. L'amour installé ferme les portes
de l'inconnu. Rien n'est plus ennuyeux pour qui
n'est pas aimé que le spectacle d'un amour. Rien
ne devrait être plus ennuyeux pour un esprit
ferme et vif que le spectacle de son propre amour.
Il faudrait pouvoir être aimé sans aimer soi-
même. Alors, peut-être, l'esprit libre et à l'affût,
soigneusement appuyé sur des affections solides et
assommantes, pourrait-on prendre de la vie à la
fois ses dons de tendresse et ses appels inconnus.
Mais la seule image d'un tel bonheur n'est pas
loin de soulever le cœur.

Rien de plus banal pourtant qu'une attitude de cette espèce. Le type de l'homme à femmes traînant tous les cœurs après lui n'est que l'illustration de ce genre de réussite. Et il répond bien, en effet, à ces deux exigences que nous opposions l'une à l'autre : le divin plaisir d'être aimé, le plaisir divin d'être libre.

Qu'on veuille bien m'excuser de reparler ici un peu de moi : cela n'est pas pour surprendre dans le cadre de ce livre. Et, comme toujours, je vais de nouveau dire à peu près le contraire de ce que je viens d'écrire plus haut. Il m'est arrivé, comme à tout le monde, d'avoir été abandonné par une femme. Cela est à peine ridicule, à peine triste et à peine intéressant. Il m'est même arrivé — Dieu me pardonne ! — d'en abandonner quelques-unes. Eh bien ! dans un cas comme dans l'autre, la satisfaction éprouvée, après quelques larmes de crocodile et quelques simagrées de gentilhomme, était à peine croyable. Je me vois encore, cocu, m'étirant dans mon lit le matin, à peine réveillé encore, les yeux toujours tout pleins de sommeil, sursautant soudain de bonheur parce que j'étais libre et que je n'avais plus personne à aimer. C'était comme une rencontre, comme un confluent de mes thèmes favoris : l'indépendance dont je retrouvais le goût, l'amour dont je gardais le souvenir en en ayant perdu le fardeau, le sommeil enfin qui me tenait prisonnier dans des chaînes bien plus douces que ne l'étaient celles de l'amour : car dans l'amour on est à autrui, tandis que dans le sommeil on n'est qu'à soi.

Ah! ces souvenirs de bonheurs où l'amour s'évanouissait! Et tant que j'aimais un peu, encore, alors que déjà je ne voyais plus — volontairement ou involontairement — l'objet de mon amour, j'étais comme un de ces contumax qui sont libres sans doute mais tout de même condamnés. Mais un beau matin, soudain, en me réveillant, je n'aimais plus. Alors un autre de mes amis venait rejoindre l'indépendance, l'amour oublié et le sommeil : le soleil venait me saluer à travers la vitre et à travers le ciel bleu.

Alors, je m'habillais pour me remettre à vivre.

L'homme à femmes, même en plein amour (comme on dit d'un guerrier qu'il est en pleine action), a toujours l'esprit aussi libre que je l'avais en oubliant. Bravo! Cela mérite l'indulgence, une certaine estime et quelques compliments. Mais vous pensez bien, si vous ne me méprisez point, que je ne supporterais pas longtemps de voir triompher un personnage aussi ridicule. Voyons donc maintenant par où nous allons pouvoir l'attaquer.

Il est difficile de lui reprocher d'être superficiel : c'est son métier. A ne vouloir s'attacher à

rien ni à personne, on n'approfondit guère les
choses. Mais c'est la condition même de son
attitude. Ne lui en veuillons donc pas d'être ce
qu'il est. Le seul fait d'ailleurs de se révéler
superficiel ne suffirait pas à mes yeux à le
condamner sans appel. Je ne déteste pas cet
effleurement des êtres, ce passage perpétuel de la
rose au réséda, ce goût capricieux des change-
ments et des reniements successifs. Mais il y a
plus grave que cela dans le professionnel de
l'amour : le contentement de soi y prospère
jusqu'à la satisfaction la plus écœurante. Voilà
l'horreur et l'abomination ; ce qui condamne
l'homme à femmes, c'est qu'il se félicite sans cesse
lui-même de ses conquêtes et de ses bonnes
fortunes. Mais alors, me dira-t-on, si vous imagi-
nez un homme qui passe de femme en femme,
mais dans l'insatisfaction et dans une espèce de
désespoir, contre celui-là que direz-vous ? Précisément, rien. Ce n'est que la satisfaction et tout ce
qu'elle entraîne avec elle qui me paraissent haïs-
sables dans l'homme à bonnes fortunes. Ou
plutôt, je crois qu'il n'est pas d'homme à femmes
sans cette satisfaction. Et que son absence nous
introduit aussitôt dans une catégorie différente et
moins méprisable.

Oui, c'est la satisfaction qui peut condamner
l'amour. Et pour peu qu'on y réfléchisse, cette

satisfaction n'est pas le partage seulement des
amours éphémères, mais également des amours
dites éternelles. La seule différence provient de
son objet : dans le cas du bellâtre, elle porte sur
soi-même, dans le cas de la passion sur l'amour
même et sur l'autre.

. L'amour ne me paraît vraiment admirable que
lorsqu'il est pur de cette satisfaction. Tel est le
cas, par exemple, lorsqu'il se met seulement à
naître. Il y a, dans ces premiers éclats, où se
révèlent obscurément et se rencontrent et se
confondent à travers les brumes de l'avenir deux
destins qui s'unissent, quelque chose qui me
touche et m'émeut infiniment. Ces débuts de
l'amour me donnent l'image du sacré : ils sont
purs et troubles, redoutables et mystérieux.

Il m'est arrivé, parfois, d'aimer une femme qui
en aimait un autre. Les amours établies me
faisaient moins souffrir que le regard furtif qu'elle
lançait à un inconnu et ces premières marques
d'intérêt où, comme des troupes derrière un
rideau de fumée, se tapissent silencieusement
toutes les menaces de l'avenir. Il m'est arrivé
également, et au moins deux fois dans ma vie, de
surprendre au passage, sans qu'ils me fussent
destinés mais sans qu'ils provinssent non plus
d'une femme que j'aimasse, de ces signes d'intelligence qui sont comme des saluts du cœur. Ils

auraient dû me laisser indifférent, m'amuser tout
au plus. Mais ils me bouleversaient. J'y voyais, à
des profondeurs insondables, des drames, des
bonheurs, des promesses infinies. Une main ser-
rée sous une table, un regard soudain qui s'émeut
pour des motifs inconnus, un mensonge dont on
devine qu'il doit cacher des secrets, c'est plus
qu'il ne m'en faut pour que s'élèvent en moi
toutes les tristesses du cœur et toutes les jubila-
tions de l'esprit. Ma vie est peuplée ainsi de
souvenirs d'amours où je n'avais aucune part,
mais que je ressentais peut-être plus pleinement
que ceux-là mêmes qui les vivaient. Voilà de quoi,
peut-être, renouveler de vieux thèmes.

A cette inquiétude des amours nouvelles s'opposent la sécurité ou la résignation des amours
établies. Heureuses ou lézardées, elles se ressen-
tent du temps et d'un avachissement répugnant.
Ah! les amours qui traînent, l'ennui, les petits
déjeuners... N'en doutons pas, il faut du génie
pour parvenir simplement à vivre de façon
décente. La naissance de l'amour, ses dangers, ses
tremblements, illuminent ces pourrissements
qu'on appelle des vies humaines. Il les fait
accéder à toute la noblesse du monde ; il les
transfigure en les bouleversant. Et qu'importe,
alors, que ces amours nouvelles doivent être
heureuses ou non, qu'elles mènent au bonheur, au

ridicule ou à la mort, on ne leur demande pas d'être satisfaites : elles auront rempli leur tâche si elles ont pour un instant tiré de ses habitudes et de son hébétude celui sur lequel, comme un oiseau divin et maudit, elles ont fondu pour l'aveugler.

Alors, dans cette nuit profonde où brûle un seul soleil, il reste à la victime de ces enchantements maléfiques de s'y abandonner en bénissant son malheur. Et tant qu'elle souffre, rien n'est perdu. C'est au moment qu'il triomphe que le cœur devrait prendre le deuil. Et j'admire, oui, j'admire cette puissance de l'amour qui interdit à ceux qu'il comble de savoir qu'il les perd. Car qui donc se désole de voir triompher son amour ? N'ai-je pas écrit moi-même que c'est vivre deux fois que de se savoir aimé ? Je vois maintenant les sables, les marais, les amertumes, les terribles lagunes d'une vie qui s'arrête dans les amours partagées. Il faut aimer, mais dans le désespoir. Ou bien alors, soyez aimés, mais n'aimez pas. L'amour qui m'émerveille, c'est l'amour cynique ou l'amour triste : je vois dans l'un et dans l'autre ce désespoir subtil qui refuse les bêtises, les servitudes, les hontes d'une satisfaction arrêtéé. Je crois que l'avenir de l'amour n'appartient ni aux fats ni aux benêts, mais aux salauds et aux fous.

Je m'émerveille ici, sous ses apparentes contradictions, de l'extrême logique de mon propos. Si j'aime les amours à leurs débuts, c'est pour cette même raison qui me fait nourrir un goût secret pour les amours irrégulières et abhorrer la satis-faction des amours faciles et des anciennes amours : je retrouve dans la banalité des premiers battements de cœur ces menaces que le fêtard comme le bourgeois ignorent dans leur suffisance.

Je déteste ces bonheurs paisibles où s'enlise le sel de la terre ; je déteste ces plaisirs faciles où se révèle la bassesse. J'ai l'amour triste comme d'autres ont le vin gai. Toute la grandeur de l'amour, c'est d'être malheureux. On déteste beaucoup de gens dans ce siècle et on a déjà beaucoup dit aux riches et aux familles combien on les haïssait. Et moi, je hais ceux qui sont heureux. Et parce que je connais, plus que d'autres peut-être, cette tentation perpétuelle du bonheur qui est la fin des grandes choses, je prends garde, dans ce bonheur qui est mon seul but, à me haïr dans le bonheur. Bienheureux ceux qui pleurent ! Bienheureux ceux qui souffrent ! Et qu'ils ne soient même pas consolés ! La consola-tion du malheur c'est de jeter un coup d'œil sur l'ignominie des heureux.

J'aimerais qu'on ne m'imaginât point comme pleurnichant dans l'amour. Le *post coïtum animal triste* est une balançoire ridicule. Il m'est rarement

arrivé de faire l'amour sans rire. Dans le bonheur
léger et lourd qui vous envahit après l'amour, ma
vraie tentation c'est le fou rire. J'ai l'amour triste
et je ris. On ne rit guère chez les bourgeois et on
ne rit guère chez les putains. Je ris parce que je
me sens bien, je ris parce qu'elle est gentille, je ris
parce qu'il vaut mieux en rire que d'en pleurer, je
ris pour qu'elle n'ait pas trop de peine, je ris parce
qu'au fond, l'amour, ce n'est — peut-être, peut-
être — pas tellement important.

Ainsi vont mes amours, entre les larmes et le
rire. Je ne les vois guère aboutir à des satisfactions
ni à des espérances. Pauvres petites ! Elles aussi,
comme moi, elles vivent à la petite semaine, à la
va-comme-je-te-pousse, dans des palais de glaces
où l'on se réjouit quand on se fait peur.

XII

DE L'ENNUI

A quoi bon autre chose que rien? Rien!
Vive rien! Il n'y a que cela au monde.

Alfred de Musset.

Les femmes m'ennuient vite. Cela m'enchante.
Je méprise assez ceux qui leur parlent pendant
des heures. Même celles que j'aime parviennent
aisément à me lasser. Elles ne m'intéressent guère
que pour coucher avec elles et pour savoir — en
gros — ce qu'elles pensent de leur mari, de leur
père, de l'existence de Dieu et des plaisirs inter-
dits. Mais rien ne m'ennuie comme de leur faire la
cour. Littéralement, je ne sais pas ce que c'est. Je
n'ai jamais pu dire à une femme qu'elle avait de
jolis yeux. Et il y en a peu que je me sois senti
capable d'écouter plus de dix minutes. Quelques-
uns des plus mauvais souvenirs de ma vie se
situent dans ces endroits ignobles qu'on appelle

boîtes de nuit et où je m'étais enfermé imprudem-
ment avec une jeune personne que je maudissais
au bout d'un quart d'heure. J'y étais allé comme
tout le monde parce qu'on s'imagine qu'il le faut
et parce que les filles aiment danser. Ce sont les
temples de l'ennui, du dégoût et de l'avachissement, à moins qu'on n'y aille pour se saouler,
pour oublier, par amitié — mais surtout pas pour
s'amuser. Lorsque j'en sortais au petit jour et que
je me retrouvais dans la rue à l'heure des ouvriers,
des fêtards et des condamnés à mort, je me
maudissais d'avoir perdu un soir de plus à écouter
des connasses. Et les moins bêtes étaient les
pires : parce qu'elles croyaient avoir des choses à
dire.

L'ennui me vient rarement de moi-même : il
jaillit des autres, comme d'une ville assiégée, pour
se précipiter sur moi. Je ne m'ennuie guère quand
je suis seul : je lis, je rêve, je dors surtout, il
m'arrive même de me promener. Mais quand les
autres surgissent, ils veulent m'expliquer ce qu'ils
pensent ou raconter ce qu'ils font. Alors, l'ennui
me saccage.

L'ennui me gagne surtout dans ces réunions du
soir où la civilisation occidentale situe, entre le
travail et la nuit, les prétendus plaisirs du conformisme social. La vie, a-t-on dit, serait supporta-
ble sans les plaisirs. L'exactitude de ce mot se

vérifie à l'heure où les imbéciles se mettent en smoking ou se rencontrent au café pour échanger les platitudes qu'ils n'en peuvent plus de garder pour eux tout seuls. Cette tombée de la nuit qui est la plus belle heure du jour, celle où le soleil se couche et où la mélancolie le remplace, les néons des music-halls, les bassesses des chefs d'industrie qui se mettent à parler politique, les caquets de nos belles amies, les inepties des bureaucrates qui vont retrouver leurs foyers, les doléances des concierges qui voient rentrer un à un tous leurs locataires abrutis, cet envahissement de la nuit, nos imbéciles le ravagent. Lorsqu'ils mettent en commun leurs peurs ignobles, leurs inquiétudes, leurs craintes d'être cocus et ruinés, le dégoût me prend devant cette coagulation de lâchetés et d'abrutissement que le jour au moins éparpille. Alors, l'ennui me saccage.

L'ennui, chez moi, est une forme de la honte. Je suis naturellement faible et je me défends mal contre ce que je n'aime pas. On me voit souvent dans ces réunions du soir où l'on discute de l'esprit français et du prix de la pomme de terre. Alors, j'ai honte d'être là. Et pour me défendre, je m'ennuie. C'est dire que mon ennui n'a pas cette qualité admirable que prennent de nos jours tant d'états privilégiés : il ne me révèle pas le sens de

la vie, la transcendance, l'absurdité du monde. Il
ne me révèle que ma lâcheté.

Mes peurs, mes dégoûts, mes ennuis sont, je le
crains, d'une qualité médiocre. Ils tournent rarement à l'angoisse ou à la nausée et ne m'appren-
nent pas grand-chose sur le sens de l'univers. Pris
dans mon égoïsme, ils me ramènent sans cesse à
moi, sans m'élever jusqu'à ces révélations où
apparaissent aux privilégiés la vérité et la signification des choses. Ils me renseignent bien moins
sur l'être éternel en moi que sur mon envie d'être
à mille lieues d'où je suis, en train de me chauffer
au soleil sur une plage ou de me précipiter dans
mon lit, un bon vieux livre à la main.

La fureur qui me prend dans l'ennui se dirige à
la fois contre les autres et contre moi-même :
contre les autres qui sont si bêtes, contre moi qui
suis un lâche. L'impossibilité me prend vite de
dire un seul mot, de rire, de répondre au monsieur
qui me dit que les ouvriers sont trop payés ou
qu'Isidore Izou est le plus grand des génies
depuis Ruysbroek l'Admirable, avec Lautréa-
mont et Paul Klee. Je commence à me maudire
intérieurement et à haïr mon prochain ; et je me
mets à pâlir d'ennui jusqu'à ce qu'on me
demande si je me sens bien.

Quel crétin ! dira-t-on. On reconnaîtra que je
n'ai jamais nié l'être depuis le début de ces pages.

Mais si je me rue ainsi m'ennuyer au milieu d'imbéciles, c'est que l'espoir me poursuit de ces révélations bouleversantes dont l'attente me tient toujours depuis ma plus tendre enfance. J'attends toujours quelque chose de ceux qui vont tant m'ennuyer. Et mon ennui est la punition de ces illusions démesurées. Il m'est arrivé — j'ai honte de l'avouer, mais je n'ai plus grand-chose à cacher — d'aller au bal dans l'attente d'un grand amour ou à des rencontres dans un café dans l'attente d'un génie : je sortais chaque fois un peu plus blême de ces terribles déceptions.

Me voilà loin des femmes que j'accusais de m'ennuyer. A dire le vrai, beaucoup d'autres m'ennuient aussi. Je me souviens de m'être ennuyé à périr non seulement en classe, mais à la Sorbonne, mais à l'École Normale où il n'y a pourtant que des génies. Oui, je dois être très stupide pour m'être ennuyé autant devant des maîtres si remarquables, des camarades si brillants, des livres si prodigieusement géniaux. J'allais lire en cachette Flers et Caillavet et Arsène Lupin quand je n'en pouvais plus d'Origène. Ce n'est pas, je prie de le croire, que je mette Origène au rang de ces demoiselles auxquelles je dois de m'être tant ennuyé entre minuit et cinq heures du matin. Mais, autant que les gentillesses insipides, le sérieux m'exaspère.

Je supporte mal les gens qui ont quelque chose
à dire à quoi ils croient. Je ne déteste pas les
boutades, les réflexions plaisantes, voire les
remarques subtiles ou les aperçus hasardeux. Les
doctrines, les messages — les systèmes, bien sûr
— m'épouvantent. J'en connais trois ou quatre
que j'admire éperdument. Mais ce sont précisément les fruits des trois ou quatre plus grands
hommes que le monde ait connus. Les autres me
crispent. Le mot de message me hérisse. De
simples convictions suffisent à me remplir de
méfiance. J'ai déjà expliqué cela. Quand ils ne
sont pas assez forts pour que je les déteste, les
convaincus m'ennuient. Ceux qui ont trouvé leur
voie me font bâiller à me décrocher la mâchoire.

Les gens ne sont pas les seuls à distiller l'ennui
et à l'infuser comme un venin. Il y a des lieux
aussi, particulièrement versés dans cet art. J'ai
déjà parlé des endroits où l'on s'amuse. Les
banques et les bibliothèques ne me font pas moins
dépérir. Ne parlons pas des banques dont c'est le
métier d'être affligeantes. Mais quoi de plus
déprimant que ces salles immenses et sombres où
la pensée des hommes s'empile sous la poussière ?
Je n'entre jamais dans une de ces bibliothèques
publiques, dont s'enorgueillissent tant les civilisations modernes et le radical-socialisme, sans perdre confiance en moi et dans le monde. L'ennui

s'y mêle d'un désespoir subtil qui le rend plus pesant encore. La foule, les morales du travail, l'élite cultivée de la ville, la science et le progrès, la bonne conscience de l'autodidacte rendent sans doute les bibliothèques plus nocives encore que les boîtes de nuit, où du moins se saouler et espérer faire l'amour ont la chance d'entraîner moins d'estime et parfois même la réprobation.

Une autre source d'ennui encore, moins encombrante qu'une bibliothèque publique, mais presque aussi redoutable, s'alimente inlassablement aux sonneries des téléphones. On nous a beaucoup parlé des dangers de la civilisation, de la télévision qui force les portes, des cheminées qui salissent le ciel. Tout était déjà en germe dans ce maudit téléphone. Je le déteste. Il n'a une signification plaisante que comme instrument sexuel. Toutes ses autres utilisations sont du dernier affligeant. Sa seule excuse est d'être le parfait instrument à tromper les jaloux. Il n'est pas loin alors de prendre un aspect de machine infernale et de personnifier le destin. Cet usage-là n'est pas ennuyeux : il ouvre à l'imagination les plus plaisantes perspectives. Mais quand il annonce, confirme, donne des nouvelles ou invite à dîner, le téléphone me tombe des mains. Ce n'est pas, à la réflexion, qu'il soit beaucoup plus

ennuyeux qu'une lettre. Mais les lettres elles-
mêmes sont déjà très ennuyeuses.

Je me demande si c'est par égoïsme que le
téléphone et les lettres me paraissent si déplora-
blement dépourvus d'intérêt. Je n'ai jamais pu
lire jusqu'au bout une lettre un peu longue qui
m'était apportée par le facteur. Car je lis fort bien
celles qui figurent dans un roman. Mais je ne
tiens pas à recevoir des nouvelles d'individus qui
existent vraiment. Les lettres, je n'aime pas les
écrire non plus ; cela m'ennuie. Les gens mettent
cette répugnance naturelle sur le compte de la
paresse. Cela n'est pas bien raisonné, puisque je
n'aime pas non plus en recevoir. Oui, une bonne
définition de cet ennui qui me vient toujours des
autres et jamais de moi-même, c'est le téléphone
qui sonne et une lettre qui me parvient.

On me dira que tout ce que j'écris est stupide,
que l'ennui ne peut venir que de soi-même, et que
le Nouveau Petit Larousse Illustré, publié par
M. Claude Augé, le définit comme « une lassitude morale produite par le désœuvrement ».
Certes, ce n'est pas le désœuvrement qui risque
de m'ennuyer ! Non, ce sentiment qui me prend
lorsqu'un imbécile parle trop longtemps ou qu'un
dossier urgent m'attend sur mon bureau, c'est
bien l'ennui et il naît bien des autres. Ce n'est ni
l'indignation, ni la fureur, ni le mépris, ni la

haine : c'est un long bâillement que je comprime
à peine devant l'inutilité des choses.

Ce qui surgit ainsi de la vanité du monde, n'est-
ce pas l'ennui ? C'est le mien, en tout cas, et s'il
s'appelle autrement, moi je le baptise ennui. Tu
m'ennuies, il m'ennuie, nous nous ennuyons, vous
m'ennuyez, ils m'ennuient, mais moi, je ne m'ennuie jamais.

C'est ce que j'ai à faire qui m'ennuie, plutôt
que ce que je n'ai pas à faire. Je m'arrange
toujours avec moi-même, mais il m'est difficile,
souvent, de bâiller au nez des autres. Ce qui
m'ennuie, c'est mon bureau, c'est le contrôleur, ce
sont mes impôts — non parce que je dois les
payer, mais parce que je dois remplir des papiers
idiots —, ce sont les nécessités de la vie ; ce n'est
pas de me promener les mains dans les poches et
l'esprit plus vide qu'une coque de noix ; ce n'est
pas de mettre les pieds sur la table et de ne rêver à
rien.

J'ai le regret d'être en désaccord sur ce point
non seulement avec le Petit Larousse Illustré,
mais avec le bon Joubert qui écrit, la belle âme :
« L'ennui (cet ennui dont ils parlent tant), le
devoir le chasse. » Le dirai-je ? Le devoir souvent
me fait bâiller. Cela n'est pas une règle. Il
m'amuse parfois, alors je le remplis bien volontiers, car, de nature, je suis gentil. Mais fort

souvent je m'ennuie plus à faire ce que je dois
qu'à ne rien faire du tout. Non, je ne trouve ni au
travail ni au devoir cette justification qu'on leur
fournit de mettre fin à l'ennui. Je connais, bien
entendu, comme tout le monde, cette espèce de
griserie qui vient de l'œuvre accomplie ou d'un
tourbillon d'activités auquel on se laisse aller.
Mais tout cela me paraît plutôt méprisable qu'estimable. Je ne plaisante point : non seulement le
travail m'ennuie mais il me semble peu honora-
ble. C'est quand je rêve dans le vide, l'esprit
vague, éloigné de toute préoccupation servile ou
quand mon effort est proprement vain, dans
l'amour ou dans le sport, que je me sens le plus
loin de cet ennui fétide qui me tombe sur les
épaules devant une table de travail où tout est
terriblement inutile. Mais voilà : je n'ai pas assez
de courage pour me refuser à l'ennui, pour ne rien
faire dans le loisir et dans l'exaltation. Alors,
bêtement, je travaille, j'écris, je gagne de l'argent,
je m'ennuie, et (je vous défends de rire) je réussis.
C'est assez ignoble. Au lieu de faire dans le vide
ce que je suis appelé à faire dans ce monde : rêver
et rire pour rien, je tiens ma place ridicule dans
des rouages sociaux qui se passeraient fort bien de
moi comme je me passerais fort bien d'eux. Cet
ennui laborieux, pour moi, c'est l'immoralité. Je

ne me sens jamais si propre, si net, si pur que
quand je m'amuse à ne rien faire.

Puisque ce n'est ni la moralité ni le désœuvrement qui me font travailler, ce ne peut être que
l'argent. Voici tous mes thèmes reparaître et se
renouer entre eux : l'argent, l'ennui, la paresse au
soleil. L'ennui est ce qui me tourmente quand je
m'écarte de la paresse pour mieux gagner de
l'argent. Tout ce qui me paraît digne d'estime est
du côté du soleil, de l'inactivité passionnée et
rêveuse, d'un vide d'où les réalités fondamentales,
la santé, la neige, le sable sous mes pieds expul-
sent le calcul, les intrigues, les manœuvres subtiles, la rancune bête, les ambitions dérisoires. Tout
ce que je déteste est du côté de l'ennui : le travail
inutile, vain pour tout le monde, criminel, les
plaisirs empruntés, les obligations sociales. L'ennui ne prend jamais pour moi ces dimensions
métaphysiques qu'affectionnent nos penseurs. Au
vrai, je ne le connais peut-être qu'au pluriel : les
ennuis. Je m'amuse bien trop moi-même pour le
fréquenter au singulier. Et comment avoir de
l'indulgence pour ces ennuis au pluriel ? Les haïr
est un devoir. Quant à ce fameux et prétendu
ennui né de l'inactivité, du loisir, de la paresse, je
le bénis et l'adore pour les trésors qu'il me
réserve. Là où les autres s'ennuient, moi, tout
seul, je m'amuse à rêver, à dormir, à regarder le

soleil, à ne rien faire. Comment se lasser de ces merveilles ? Comment s'ennuyer dans un univers qui vous offre tout au monde et où il n'y a qu'à tourner la tête pour crier au miracle ?

XIII

DE L'ADMIRATION
ET DU SPECTACLE DU MONDE

Dieu vit tout ce qu'il avait fait et, voici, cela était très bon.

Genèse.

Comme les systèmes au désordre et l'amour à l'ennui, l'ennui à son tour me renvoie à l'admiration. Lorsque les gens m'ont bien ennuyé, après que je les ai trouvés bêtes et méprisables, riches et laids, sots et gonflés, un mot soudain sort d'un gendarme ou d'un expert comptable où j'entrevois des abîmes. Dire de chaque homme qu'il a quelque chose à nous apporter est le genre de phrase que je déteste. Cette idée-là aussi, je la méprise parce qu'elle me pénètre d'ennui. Je me demande pourtant si elle ne recèle rien de vrai. Je suis passé mille fois auprès de gens qui me semblaient au-dessous du médiocre et dont on me citait ensuite des traits qui me paraissaient admirables. Je ne parle pas des assassins, des escrocs et des anthropophages : chacun sait aujourd'hui qu'ils sont le sel de la terre. Mais le plus honnête et le plus médiocre des bureaucrates a ses instants de révolte. Les cent cinquante dernières années nous ont beaucoup appris dans ce domaine. Jadis, on n'admirait que le courage, l'héroïsme, la beauté. On en est arrivé aujourd'hui à admirer l'abjection, la bassesse, la honte : voilà qui me facilite la tâche et offre un champ plus vaste à mes admirations. Les répondants d'une telle attitude ne sont d'ailleurs pas négligeables : le Christ lui-même, Bouddha dans un certain sens, et en général les prophètes et les initiés ne cherchent de quelque façon qu'à renverser les admirations. Alors, en venant après tout le monde, on a pas mal de choses à admirer béatement : la police d'abord, les agents sur leurs motocyclettes, bien casqués et bottés, et puis les criminels, les pauvres forçats, la prostituée qu'on poursuit ; la puissance et puis la faiblesse ; l'insolence et puis la bassesse ; la force sans la justice ; et puis la justice avec la force ; et puis la justice sans la force ; et puis — comble de subtilité — ce qui n'est ni fort ni juste, la simple ignominie servile dans ce qu'elle finit par avoir de plus insupportable et de plus bouleversant.

Au point où nous en sommes parvenus, tous les renversements sont possibles et ont été entrepris. Il y a cent cinquante ans, on admirait certaines choses et on en détestait d'autres. Et puis des gens sont arrivés qui ont détesté ce qu'on admirait et admiré ce qu'on détestait. Cela peut mener au mépris, si l'on choisit de tout détester ; ou à une espèce de vertige si l'on choisit de tout admirer. J'aime assez ces sentiments troubles où la naïveté se mêle au cynisme. Plus personne n'est dupe de rien, mais il faut faire semblant, pour survivre, de croire encore aux choses ; et même si l'on n'y croit plus, il y a de l'élégance à reconnaître encore leur charme, leur beauté et parfois leur grandeur.

Jadis, on croyait à Jeanne d'Arc, aux temples grecs et à l'armée française, à Brazza en Afrique, à Laffitte ramassant une épingle dans la cour de Perrégaux. Aujourd'hui, on se demanderait plutôt par qui Brazza était payé et pourquoi Jeanne était folle ; l'armée française faisait seulement rire — depuis peu elle ferait plutôt peur ; Laffitte n'était qu'un banquier, et les faveurs des subtils vont à l'art des steppes plus qu'à l'Érechthéion.

A force de tout bousculer, tout est tombé en miettes. Il ne reste pas grand-chose debout. Et ce qu'on a voulu reconstruire ne nous paraît pas plus solide que les débris à terre. Une fois l'alexandrin brisé, le vers libre n'a pas été long, si j'ose dire, à

nous casser les pieds. Et ceux qui ne croyaient
plus au pape ou aux cathédrales ont voulu nous
faire croire que le Dalaï-Lama était presque un
dieu et les pierres de l'île de Pâques l'image du
génie de l'homme. Alors, bien sûr, rien n'a plus
semblé très sérieux. Mais moi, au lieu de ne croire
à rien, je me suis mis à croire à tout. Je trouve les
gardes suisses très beaux, l'art des steppes fort
curieux, l'armée française intéressante, sainte
Jeanne d'Arc sympathique ; et les nègres, noirs et
gentils. Il me faudra un jour, malgré mon antipathie pour le tourisme, aller voir l'île de Pâques.

L'admiration a cessé d'être un devoir pour
devenir une griserie. Elle n'est plus liée à une
hiérarchie mais à un kaléidoscope de sentiments,
de sensations et d'images. Elle était jadis exclu-
sive et elle est devenue contradictoire.

Ce que j'admire au fond dans le monde, c'est ce
qui s'y passe. L'admiration était une morale ;
c'est devenu une curiosité. Mais cette curiosité
garde pour moi des profondeurs douloureuses et
parfois déchirantes qui la distinguent des futilités
et lui donnent l'allure des grandes choses. Le
spectacle du monde me frappe toujours d'un
étonnement qui me coupe le souffle et où le plaisir
et la douleur se mêlent inextricablement. J'admire d'être au monde et que tant d'événements
s'y déroulent.

Lire un journal me fait, au sens propre, souvent battre le cœur. Cela est ridicule, je l'accorde volontiers, mais vrai. Ces gens qu'on tue par amour, par ambition ou par avarice, ces avalanches de millions, ces accumulations d'honneurs, ces États que l'on dirige, sauve ou mène à leur perte sans que l'œil et l'esprit puissent saisir autre chose que des symptômes minuscules d'où sortent le destin et l'histoire des empires, ces usines, ces théâtres, ces banqueroutes, ces avions qui s'écrasent, ces folies et ces haines, ces tendresses et ces incendies, ces images inlassables de la défaite et du succès, les manies des collectionneurs et les passions des révolutionnaires, les miracles, les escroqueries, les chefs-d'œuvre et la mort me remplissent de cet appétit et de cette terreur sacrée que j'appelle admiration.

C'est l'œuvre des hommes que j'admire, leurs passions et leurs vices. Le ciel étoilé au-dessus de moi m'épate. Mais ces rêveries où il plonge ne sont qu'une mélancolie béate. La vie des campagnes, des villes, des jungles, des bateaux, des ambassades, des asiles de fous, des séminaires, des palaces me fait plus mal parce que c'est la mienne. L'admiration dont je parle, je sais quel est son vrai nom : fascination.

La vie des hommes me fascine, ce qu'ils en font, comme ils la traitent, la méprisent, l'humilient ou

la magnifient. Non que je me perde en eux, que je
m'oublie auprès d'eux : ils me parlent sans cesse
de moi, de ma vie à moi, de ce qu'elle peut faire et
vaincre. Ah ! certes, dans ces moments où les
journaux — que je méprise quand ils me parlent
de doctrines ou d'élections ou de règlements de
police ou de production du coton — m'apportent
les visions d'un contrebandier, d'une actrice ren-
due folle ou d'un général chinois, l'ennui disparaît
qui me vient des gens qui n'ont rien à dire et
ferment les yeux sur le monde.

Je les déteste, ces journaux, pour leur bassesse
et leur ignominie, pour me ramener dans un
monde dont mes rêveries m'écartent. Je les aime
pour m'apporter ces bruits de voix, ces murmu-
res, ces houles des foules qui vivent, haïssent,
adorent et meurent. Ah ! combien j'admire les
hommes et leurs passions, leurs livres, leurs
guerres, leurs misères et l'éclat de leurs réussites !
Et à entendre au loin ces grandes rumeurs de leur
histoire et de leurs souffrances — dont on s'étonne
parfois qu'elles se traduisent au jour le jour par la
mesquinerie médiocre de leurs craintes et de leurs
plaintes —, je me bénis d'être au monde.

J'ouvre les yeux pour mieux voir, je tends
l'oreille pour mieux entendre, je voudrais comprendre ceux-là mêmes que je méprise et que je
déteste et l'admiration me pénètre qui fait naître

sur mes lèvres toutes les formules de la curiosité et de l'émerveillement. Je m'étonne inlassablement de ce que j'aperçois et de ce que j'apprends des contrôleurs d'autobus et sur les mineurs boliviens. Vivre est une révélation perpétuelle et je n'entre dans la vie qu'avec des interjections à la bouche. Ce sont des *pourquoi ?* et des *comment ?* que j'adresse d'abord au monde.

Ce n'est pas, je l'ai dit, que je cherche jamais à connaître les secrets de l'univers et les mécanismes des choses. Bricoler ne m'amuse point. Démonter les horloges m'assomme. Je me pose fort peu de questions sur l'ordre de l'univers et sur la signification du monde ; beaucoup sur le temps qu'il fait, sur les pirates d'Éthiopie, sur les stigmates du Padre Pio, sur les malheurs obscurs d'un chômeur brésilien. Je n'aime à voir que les apparences. Je vis dans un univers de décors dont la diversité m'enchante. Et les questions que je pose ne vont jamais très loin dans les rouages et les significations ; elles marquent plutôt de l'intérêt pour les rencontres imprévues, de la stupéfaction devant les richesses, de l'émerveillement devant la diversité et de l'admiration pour les choses.

Cet étonnement que je ressens est une des racines de ma vie. Je me demande, sans cet attrait si fort, si je ne resterais pas dans mon lit. Le

devoir, le pouvoir, la science, la vanité, peut-être
même l'affection ne m'en tireraient pas aisément.
La curiosité m'en fait bondir. C'est cette tentation
perpétuelle, ce goût pour les passions et les
malheurs des autres — pour les miens aussi —
qui me sauvent seuls d'un abrutissement où je
trouve aussi du plaisir. Je peux rester des mois
dans une île en été ou à la montagne en hiver,
sans lire une seule ligne d'un livre. Et puis je
tombe sur un *France-Soir* vieux de trois ans et je
lis, avec le même émerveillement que je prête au
Cid ou à *Bérénice,* l'histoire d'un combat de rues ou
d'une escroquerie dans les beaux milieux.

Oui, ce qui m'enchante dans la vie, c'est le
spectacle du monde. Je m'écarquille les yeux à le
contempler sans me lasser. Jamais je ne suis las de
vivre, de me sentir moi-même dans cet univers
qui me roule et dans ce temps qui m'emporte. Le
temps qui passe, les gens qui me côtoient, les
déserts, cette terre où l'on trace des sillons et où
l'on reconstruit des ruines, comme je les aime,
mon Dieu ! Et si un jour on les quittait, cette terre
et ce temps, pour en conquérir d'autres et pénétrer ailleurs, j'aimerais ces nouvelles terres et
j'aimerais ces nouveaux temps parce qu'ils appar-
tiendraient à l'homme. J'aime et j'admire ces
hommes dont je dis qu'ils m'ennuient et parfois
que je les hais. J'admire ce qu'ils font, ce qu'ils

pensent et ce qu'ils aiment. J'ai le ridicule d'admirer leurs efforts, leurs peines et leurs pouvoirs. Et si j'étais Dieu, je serais fier de mon œuvre.

C'est une grande naïveté, je pense, d'admirer ces trains qui se croisent, ces armées qui s'ébranlent, ces fous qui parlent tout seuls, et les motifs des hommes : l'argent, la gloire, l'amour, la vanité et la haine... Oui, sans doute, c'est une grande naïveté, je crois profondément que tout ne commence jamais que par la naïveté. Je n'aime pas les gens qui ne s'étonnent pas. Les enfants s'étonnent, et Platon s'étonnait aussi. Je m'étonne à chaque instant de tout ce que j'entends et je vois.

Et je voudrais rendre témoignage de cette admiration que j'ai pour les choses et de ce que je ne les méprise point. Et je suis heureux d'être au monde et de pouvoir m'asseoir sur l'herbe et de compter les grains de sable. Et je dis merci pour les merveilles qui me sont données avec la vie : l'eau froide et pure, l'amour, les soirs brûlants, les idées des autres, l'attente de ces lendemains qui seront encore la vie, le courage, l'amitié... Je dis merci parce qu'on m'a mis au monde, même si je ne me soucie guère pour l'instant de savoir vers qui tourner mes regards, ni si quelqu'un s'occupe de moi. Je dis merci parce qu'un jour, je ne sais même pas pourquoi ni comment, je m'aperçus,

dans la rue ou dans ma chambre, que j'aimais
respirer l'air et ce tissu d'événements qui se
nouaient autour de moi : je sus alors obscurément
que j'avais le vertige du monde.

Oui, j'ai le vertige du monde, de ce monde
connu et inconnu, de ces continents bourrés
d'amours et d'ambitions, de ces songes naïfs et
terribles et de tout ce qu'il est permis aux hommes
et à moi d'inventer, d'imaginer, de construire et
de rêver. Quand je me dis que j'existe dans cet
univers de merveilles qui s'organise autour de moi
et dont, à ne pas douter, je suis le centre et le
miroir, ce ne sont guère des métaphysiques qui
s'élaborent dans ma petite tête. Je ne vais pas
chercher pourquoi je vis ni qui m'a abandonné, ni
s'il y a une nature humaine, ni de quoi je suis
responsable. J'ouvre les yeux pour m'étonner,
pour me réjouir, pour admirer.

On voudra croire peut-être encore que je
m'amène comme une espèce d'artiste, comme une
manière de poète qui chante les papillons et
s'extasie sur les grenats. Ceux qui me connaissent
me savent loin de ces mômeries. J'aime mieux
faire du ski que regarder des Corot, moins les
nuages qu'une Alfa Romeo. Mes admirations
sont souvent niaises, mal fondées et injustes.
J'admire souvent des navets et des médiocres
parce que quelque chose en eux me plaît qui est

parfois le comble du mauvais goût, de l'ignorance ou de la stupidité. Cela ne m'inquiète guère. L'important, c'est d'admirer, c'est de ne pas croire que tout est fini, que tout s'est terminé hier, de ne pas laisser le dernier mot aux snobs et aux imbéciles, de ne rien mépriser, parce que rien n'est méprisable, et de penser en secret, le cœur battant, dans la douleur et dans la joie, à s'approcher soi-même de ce monde, de ces rêves, de ces hommes si dignes d'admiration.

XIV

DE L'AMBITION
ET DE LA GLOIRE

Je suis trop grand pour moi.
Descartes.

Il est difficile à une âme un peu bien née de ne
pas croire à ces grandes choses que les médiocres
ne sentent pas. La seule différence entre les êtres
que brûle un feu volé du ciel vient de ce qu'ils
entendent par ces grandes choses. Elles sont
souvent différentes et parfois fort méprisables. Les
uns y voient la fortune, les succès mondains, le
prix Nobel de la paix, l'Académie française ; les
autres la retraite, le calme ardent des cloîtres, la
science ou la prière ; d'autres encore les déserts, la
mer, les armes automatiques, un sang rouge et
frais ; d'autres l'amour ; d'autres l'histoire ; d'autres l'Espagne et les taureaux, la musique, la folie,
le désespoir ou le souvenir. Je n'ai jamais douté,

pour ma part, de ces grands destins qui m'attendaient. Mais ils ne se révélaient à moi que
lentement et sous les plus étranges mascarades.

J'appartiens à une famille — je ne m'en vante
ni ne m'en cache — où il est de bon ton de laisser
derrière soi quelque trace de son passage. On n'y
aime guère à être oublié. Non que nous recher-
chions les honneurs. Mais il faut s'éprouver soi-
même et ne pas perdre sa vie. J'ai été élevé depuis
l'enfance dans l'idée que je devais faire quelque
chose. J'ai peu de mérite à croire qu'on a vingt ou
trente ans pour accomplir des merveilles : cela
vient moins de moi-même que de mon éducation.
Mais j'accepte comme miennes cette rigueur et
cette hâte.

Ma famille, mes amis eussent aimé, je pense, et
par pure affection pour moi, me voir nourrir
moins de penchants pour le soleil et la paresse,
plus pour le sérieux de l'existence, comme ils
disent, et pour le droit constitutionnel. Je m'em-
presse de le dire : j'ai peu de mépris pour le droit
constitutionnel. Je ne crois plus du tout à cette
division des vocations qui ferait des uns des
artistes, des poètes, des philosophes de génie, des
autres des épiciers, des financiers et des adminis-
trateurs. Nous savons bien aujourd'hui que des
épiciers peuvent être de grands poètes, et que de
prétendus artistes ne sont que des fonctionnaires.

Je n'avais donc point d'excuse sublime à négliger ces carrières sérieuses où m'engageaient à pénétrer les conseils de ceux que j'ai la faiblesse ni de mépriser ni de haïr. Si je ne suis pas aujourd'hui administrateur suppléant des territoires sous mandat, ou chargé de mission à la Caisse centrale des dépôts et consignations, ce n'est pas par un appel irrésistible des muses, ni grâce à une tentation irrésistible de me vouer exclusivement au culte de la beauté pure dont je me suis toujours éperdument moqué. Je vois, au contraire, bon nombre d'inspecteurs, de contrôleurs ou de conseillers techniques disserter fort savamment de l'esthétique et des beaux-arts : je les écoute avec beaucoup d'admiration, les enviant peut-être secrètement d'être si habiles à lire des dossiers et si habiles à comprendre le monde. Moi, je perds sur les deux tableaux. Ce qui m'a fait renoncer au sérieux de l'existence, ce n'est pas l'amour de la littérature ni l'exercice de la pensée : c'est la paresse et la légèreté. Je suis sûr que l'économie politique n'empêche pas d'être un grand poète : mais il faut apprendre des chiffres. Je suis sûr que le droit canon est un bon exercice pour l'esprit : mais il faut devenir presque myope. Je fis alors comme si vraiment je n'aimais qu'à m'amuser. Bien entendu, c'était une feinte.

Ma famille fut peut-être un peu triste de me

voir abandonner ainsi les uniformes, non de
général auxquels elle ne tient point, mais de préfet
de la Seine, de maître des requêtes au Conseil
d'État ou de conseiller d'ambassade. Mais la
coupure qu'elle mettait entre le canon et la plume
d'oie, je la mettais plutôt entre toute carrière et le
refus de signer des contrats. On me représenta, à
bon droit sans doute, une vie entière de bout de
table, les portes de l'Opéra brutalement fermées
devant moi les soirs de gala pour l'empereur de
Chine, et peut-être même — qui sait? — les
beaux mariages manqués parce que je n'aurais
point d'état. On se demanda à un moment si ce
refus des honneurs ne laissait point présager une
vocation de prêtre ou peut-être d'extrémiste. Ni
l'une ni l'autre n'enchantaient, sans doute. Mais
enfin, tout de même, il est permis et, mon Dieu!
flatteur de devenir évêque, ou ministre d'un front
populaire. Je dois préciser ici, pour ceux qui ne
me connaissent pas, que ma famille est libérale.
Les libéraux sont comme ça. Et je dois ajouter
que je serais navré qu'on vît dans ces lignes une
allusion à je ne sais quel arrivisme ambitieux et
cynique. Il n'est permis d'être athée ou communiste, président de la Ligue des Droits de
l'Homme ou marchand de canons qu'à la condition, d'abord, qu'on joue la règle de son jeu.

Quand il fut certain que je ne prenais même

pas les chemins de la mystique ou de la révolte
sociale pour pouvoir au moins, dans trente ans,
parler d'égal à égal à un ambassadeur ou à un
ministre, ma chère famille ne comprit plus. Elle se
résigna avec peine à ne me voir réussir que dans le
bon usage des plaisirs. Mais, même là, je ne
brillais pas de cet éclat insoutenable qui fit les
Brummell et les Milord l'Arsouille et dont leurs
pâles épigones ne reçoivent plus aujourd'hui
qu'un reflet ridicule. Il aurait pu être admis
encore que je devinsse un savant obscur ; cela est
peu glorieux, mais honnête. Et, avant même la
gloire, ma famille a du goût pour la plus bourgeoise honnêteté. Le scandale fut à son comble
lorsqu'il se révéla enfin que je n'abandonnais la
magistrature ni pour le séminaire, ni pour le salon
de Mme P..., ni pour l'action politique ni pour la
bibliothèque de l'Institut. Je me promenais. « Il
se promène ! Il se promène ! » J'appartiens à une
famille que je respecte et aime, mais où l'on ne se
promène guère que pour arriver quelque part.
Moi, je ne parvenais à rien et je n'avais même
aucun but.

Comme je l'ai dit déjà, je dormais beaucoup, je
m'étendais au soleil et mes plus grands regrets
venaient de me sentir incapable de ne penser à
rien. Le matin, je restais couché souvent jusqu'à
dix ou onze heures. Mais je ne pouvais pas dormir

ni même m'occuper tranquillement à chasser mes
idées parce que je craignais sans cesse la fureur de
ma mère qui apparaissait soudainement pour
évoquer mes ancêtres, mon oncle général, mon
arrière-grand-père qui était saint-simonien et se
faisait réveiller tous les matins vers cinq heures
par un valet de chambre, la phrase célèbre à la
bouche : « Levez-vous, monsieur le comte, vous
avez de grandes choses à faire. » Les petits
Chinois qui mouraient de faim, le fils de la
concierge qui était presque ingénieur, mon frère
qui avait déjà deux enfants et qui pourtant ne
restait pas couché, ne tardaient pas à arriver en
renforts. Et on me reprochait surtout d'avoir été si
longtemps premier en leçon de choses et en thème
grec. Et tout ça, pour rester couché ! Les larmes
s'annonçaient. Je me levais.

Je me levais, mais pour aller où ? Ce n'était pas
que je me refusasse sans recours à faire autre
chose de ma vie qu'une flânerie désœuvrée, pleine
d'agréments et de vide. J'aurais accepté, je crois,
d'être ambassadeur ou maréchal de France. Mais
je voulais l'être tout de suite. J'ai suffisamment de
conformisme pour me plaire au fond aux titres et
peut-être même aux honneurs. Mais je n'ai pas la
patience d'attendre qu'un imbécile plein de santé
meure pour me laisser la place ni de faire pendant

vingt ans le même travail qu'un autre accompli-
rait mieux que moi.

C'était par ambition, en partie, que je me
laissais traiter de bon à rien par une famille pleine
d'excellentes intentions. Mais elle ne comprenait
pas volontiers que je préférasse rêver à des
exploits inouïs, d'ailleurs entièrement invraisem-
blables, plutôt que d'être bien noté par des chefs
honorables et justes. « Mme G... m'a encore
demandé pourquoi tu ne t'intéressais pas à la
réforme constitutionnelle... » « Le jeune V... dit
que tu te dissipes... » C'est fou ce que les gens ont
pu s'occuper de moi. Tout ce que j'espère, c'est
qu'il s'en trouvera autant pour acheter ce petit
livre. Mon éditeur serait bien content.

De temps en temps, je lisais avec délices dans
Proust ou dans Thomas Mann que ces adolescen-
ces sans but s'ouvraient brutalement sur le génie.
J'exultais. La passion des grandes choses ne
m'avait pas abandonné. Mon attente, mes
détours, mes refus, mes sommeils, mes dégoûts,
mes amours folles, c'étaient des sacrifices que
j'offrais secrètement à cette divinité inconnue qui
s'appelait gloire et ambition, mais dont les buts
encore, dont la fin, dont les espoirs restaient
mystérieusement cachés.

Disons-le franchement, sans affectation comme
sans crainte, je vomis ces ambitions basses et

lâches des honneurs et des facilités. Conformistes
ou non conformistes, elles me paraissent également veules et également méprisables. Je les
connais, car je les ressens. Le sens de la vie d'un
homme est de lutter contre elles. Les voitures que
j'aime tant, le pouvoir, l'argent qui me fascine, la
vie facile et gaie, le bonheur peut-être comme j'en
ai envie et comme je les méprise ! Si Dieu existe et
s'il m'entend, la prière que je lui adresse, c'est de
ne pas perdre ma vie. Mon Dieu, si vous m'enten-
dez, écartez de ma vie ces plaisirs que j'aime tant !
Et que je trouve ma gloire dans ce qui est grand et
beau. C'est à se tordre, non ? cette moralité
soudaine. Mais dans ce temps qui passe, dans ces
folies qui m'amusent, dans cette ardeur à vivre
que je ressens en moi, c'est ma vie, ma vie, ma
seule vie, mon existence unique qui file entre les
doigts des soirs qui tombent et des nuits qui
s'avancent. Encore trente, encore quarante ans
peut-être, et tout sera fini. Ah ! que je sache enfin
ce que je vaux et qui je suis afin que, voulu par
Dieu, né de lui-même ou surgi du néant, mon
passage sur cette terre trouve sa justification.

Quelquefois, le soir, encore enfant, je m'endor-
mais en pleurant parce que je sentais des choses
en moi dont je ne savais pas le sens. Je ne sais
toujours pas pourquoi je vis. Je n'ai toujours rien
pour quoi mourir. Alors, je laisse les plaisirs et la

contradiction creuser lentement ma vie. Mais
quelque chose encore me soulève parfois, lorsque
la nuit descend sur la ville, lorsque le soleil brûle
la route, au-dessus de ce temps brisé, de ces
brèves amours, de cette immense envie d'oublier :
le goût du pouvoir ? la patrie ? l'amour de Dieu ?
Non, non. L'envie grotesque de faire de grandes
choses.

Quelles grandes choses ? Ah ! voilà : aucune
idée. De grandes choses. Peut-être d'expliquer,
comme je le fais ici même, une ambition noble et
vide qui s'enferme sur elle-même. Je n'ai pas
envie de commander aux autres, je n'ai pas envie
de sauver la patrie, Dieu ne me parle pas. Les
beaux-arts, c'est ridicule, et puis je n'y connais
rien. De temps en temps, c'est vrai, l'envie me
prend soudain de donner par les mots un sens à ce
monde de gens et de choses qui se débattent
confusément. Je me dis que rien n'est perdu d'une
vie transfigurée par l'art. Mais le génie, le talent,
l'habileté n'appartiennent pas à qui veut. Tout
ce que je sens si fort s'évanouit à l'expression. Et il
me semble alors qu'à vouloir le traduire, ce grand
élan vide qui ne m'emporte vers rien se dissout en
néant.

Ma vie. Ma vie. Ma vie. A quoi la donner pour
qu'elle brille enfin de cet éclat insoutenable que
lui prêtent mes rêves vides ? Et puis, qu'importe !

On verra bien. Allons, allons, ne déraisonnons pas. Le sous-préfet de Rethel deviendra préfet de Mézières. Le député du Finistère entrera à l'ancienneté au ministère des Travaux publics. Et de mauvais roman en mauvais roman, le petit jeune homme sage décrochera son Goncourt. Moi, je ne veux pas. Mais à quoi sert de crier ? Rentrons nos éclats.

Les honneurs, c'est entendu, je les aurai. L'argent, d'accord, on n'en manquera pas. Des femmes, jusqu'à plus soif, en pagaïe, par-dessus la tête, en veux-tu en voilà, bien sûr, c'est évident. Quoi encore ? L'argent, la gloire, ce qu'on peut appeler l'amour, bon, quoi d'autre ? Tiens oui, quoi d'autre ? Ah ! Ah ! Je vous attendais là : quoi d'autre ? Quoi d'autre ? Ce grand vide toujours et cette espèce d'appel d'air.

Voulez-vous parier ? On va me dire que Dieu me travaille. Ce qui me travaille, mes pauvres amis, mais c'est bien simple, c'est moi. J'ai quelque quarante ou cinquante ans à tirer où je ne sais pas quoi faire de moi. Mais, c'est dit, de grandes choses. De grandes choses, vides, absurdes et sans but. Mon ambition s'emporte elle-même. Elle s'inscrira comme elle pourra dans les défilés de l'histoire. Il faudra bien que ça colle, que tout cela prenne un sens. Tout finit bien un

beau jour par prendre une signification. On dira :
Voilà. L'indépendance et la contradiction. Le
goût de vivre et la morale. Le cynisme et l'ardeur.
Ah ! les cons. C'est la gloire.

XV

POUR UNE INDIFFÉRENCE
PASSIONNÉE

Une passion inutile.

Jean-Paul Sartre.

Et il me semble que par là j'ai trouvé des cieux...

Descartes.

Voilà ma vie. C'est comme les autres. Voilà ma
vie qui est un peu folle. Elle s'établit avec passion
sur les grands creux de l'indifférence. Et entre
l'amour et l'argent, entre le sommeil et tous les
espoirs, elle bat la breloque de l'attente. Ainsi va
ma vie. Je vais au-devant de la vie. Je réclame le
calme, le repos, cette paix qui me font soudain
horreur, et auxquels, mille fois, je préfère l'inquiétude, le tumulte et ces atroces contradictions où je
trouve mon plaisir. Alors, je me dis : « Réfléchis-

sons. » Mais la terre continue à tourner sous mes pieds. Elle déroule sous mes yeux ses enchevêtrements qui m'éblouissent. Ma place n'est pas marquée dans les concerts des choses. Moi, mes idées, mes sentiments, ma vie, dans les lacis du monde, dans ses savants labyrinthes, c'est toujours, un peu en l'air, dans un embrasement inutile, n'importe quoi, n'importe comment, n'importe quand, n'importe où ; et parfois presque n'importe qui.

Nous qui sommes revenus de tout, on se demande un peu où nous pourrions encore aller. Le bien et le mal, les honneurs et la gloire, les trompettes et les estrades, merci beaucoup. La révolte, on sait où elle mène. La littérature, c'est à vomir. Cet argent que j'aime, je le hais. Vivre est triste. L'amour passe.

Sauf deux ou trois choses au monde — la santé de ceux que j'aime, quelques copains, l'amour d'une femme, la liberté —, tout le reste est indifférent. Je vis dans un monde qui n'est pas marqué d'un sens : et je n'ai pas un mot à vous dire, pas une attitude à vous proposer ; je n'ai rien à vous interdire. Tout vous est ouvert et libre et permis. Et vous n'avez rien à payer, aucune gratitude à garder, aucun souvenir à pleurer et pas de tombe à visiter. Il n'y a pas de terre et pas de morts, mais vous qui faites votre vie dans un vide admirable. Et il ne s'agit pas de vous trouver vous-mêmes, ni de devenir ce que vous étiez ni de réaliser votre meilleur ni de toujours plus haut et de marche aux étoiles, mais de faire à chaque instant ce qui, pour toujours, aura été votre vie. Ce n'est pas demain qu'elle commence, c'est aujourd'hui qu'elle se poursuit. Et il n'y a pas de but et il n'y a pas de cause et il n'y a pas de pancartes pour établir la route.

Le bonheur même... Tout le monde ne veut pas être heureux. Les saints, les artistes, les amants ont choisi autre chose que la médiocrité du bonheur. De tous les périls qui guettent, le bonheur est le plus subtil, celui peut-être auquel on n'échappe pas. C'est une fin en tout cas qui n'est pas la plus estimable. Tant mieux pour ceux qui s'endorment, qui jugent ensuite du haut de leur confort, de leurs principes et de leur rectitude. Tant mieux pour eux si ce Dieu dont ils se réclament n'existe que dans leurs songes. Car si ce Dieu est, sur qui ils ont tout fondé, les heureux et les justes seront vomis par lui.

Votre vie, vous savez, je m'en fous, mais je ne trouve au-dessus de la mienne rien qui puisse l'éclairer. Elle est à moi, elle est moi-même et j'en suis tout seul, comme chacun de vous pour la vôtre, et l'auteur et responsable. Et si j'accepte parfois (parce que je ne suis pas le plus fort), si

j'accepte parfois de sembler me soumettre, je ne
me soumets jamais à l'intérieur de moi-même.
C'est dans cette petite faille en moi que se situe
ma liberté.

Bon. Bon. Excellent. Qu'est-ce qu'elle fait,
cette liberté ? Mon Dieu... euh... pas grand-
chose... En vérité, rien du tout. Elle aussi, elle est
folle et vide. Elle se débat, pauvre petite, dans les
spectacles de ce monde et elle écarquille ses beaux
yeux où montent lentement les larmes.

Et ce n'est pas le paradis que ce vide où je
circule. C'est très mal commode pour régler mes
démarches. Il se présente parfois de ces occasions
ambiguës où l'on tend les bras vers des barrières
infranchissables. C'est un fameux désespoir de ne
rien trouver où s'accrocher. On a beau crier alors,
et se chercher des raisons, des motifs d'espérer et
des consolations où l'on ne croit point, on avait
tout brûlé déjà sans penser qu'un jour ça pouvait
peut-être vous servir. Et on pleure. Et aucune
coupe de prix, et aucun vase d'élection pour
recueillir ces larmes de sang qui coulent en vain,
comme ça, pour rien. Ce coup-ci, on est eu. Et ce
sont les autres qui gagnent. Et moi, je n'ai rien à
dire qu'à dire : « Bon, ça va. » Et à trouver
quelques astuces pour montrer qu'on ne me la fait
pas. Oui, le coup est vache, mais régulier. Et puis,
mon Dieu ! il y a toujours quelques ressources

pour désorienter ma boussole, parce que, sans ça, j'aime mieux ne pas penser où me dirige la petite aiguille. Salut, les copains... Eh oui ! Salut, les copains. A quoi ça mène, pas vrai, de toujours rester là à guetter ces certitudes, et peut-être même, qui sait, ces angoisses bouleversantes où l'on croyait au moins qu'il y avait encore quelque chose. Maintenant, il n'y a plus rien. Bon. Salut, les copains... Il faut s'y faire et on s'en sort toujours.

Mais dans ce vide où je vis, de fort étranges torrents me roulent soudain, sans prévenir, vers des rivages inconnus. C'est dans ces instants que je ne doute plus de moi-même. Loin de ces buts qui n'existent pas, ce qui m'entraîne alors avec une violence où je m'abandonne, peu m'importe de ne jamais le savoir. Certes, je n'attends rien ni du temps, ni de vous, ni de personne, que de ces instants où je m'apporte tout moi-même. Personne ne peut me l'enlever ni rien de ce que j'y mets de ces merveilles inconnues. Je me grise alors de cette liberté où je m'éprouve enfin moi-même. Je ne me demande pas pourquoi je vis, ni ce que je suis en train de faire, ni à quoi je rêve d'atteindre. Je vis. Cela est tout simple. Un peu ridicule, peut-être, pour nos puissants et nos malins. Oui, ridicule, tout simple, inutile sans doute, plein de merveilles. Merci, mon Dieu —

mon Dieu ? —, non pour le bonheur, mais pour
ma vie ; non pour la réussite, le succès, l'ignoble
argent, mais pour ces malheurs qui sont encore la
vie. Je déteste la souffrance ; merci pour elle.
Merci pour les roses, merci pour les épines, merci
de cette vie qui nous est donnée pour rien, comme
ça, pour rien et pour personne et peut-être par
personne.

La vie, le cœur, le spectacle du monde, comme
ils vont rire les malins qui détestent le banal. Je
les emmerde. Ils ont assez méprisé le pauvre
monde. Moi, c'est eux que je déteste et que je
méprise. Je ne joue pas au rustre, au simplet, au
paysan du Danube ; c'est pire. De temps en
temps, le soir, je sens quelque chose qui éclate en
moi et qui m'inonde de bonheur. Et je le dis.
J'aime ce monde où je vis, ce qu'il me procure et
ce qu'il m'impose : le soleil sur la neige, le bureau
le lundi, la révolution demain, les wagons-lits, les
femmes du monde, le courage et le désespoir, les
questions sans réponse, la guerre et la paix,
l'attente, les triomphes, l'insuccès, l'amour, presque rien. Quel bonheur d'être au monde ! Et que
tout nous soit donné.

Une fois dans cette vie, dans ce monde, mon
Dieu, tout est possible : les aimer, les haïr, dire :
« Je ne suis plus au monde. » Mais l'important,
c'est d'y être. Il sera toujours bien temps d'en

sortir. Mais quel stage, Seigneur ! dans cet univers où tout est à vous ! Tout est toujours sauvé d'avance, puisque trente ans, vingt ans, dix ans, trois mois, un jour au moins, nous aurons vécu dans ce monde où le malheur même est un don très précieux. Encore une fois, je hais la souffrance la misère, le simple chagrin — ceux des autres et les miens. Les enfants qui meurent et les amours qui passent ne sont drôles pour personne. Mais nous sommes peut-être là pour souffrir ; c'est toujours moins méprisable que de s'amuser, et puis enfin, nous vivons. Le soleil brûle pour nous, les trains que nous ne prenons pas roulent pourtant pour nous, les amours perdues, les viols, les ruines, les symphonies, les œuvres d'art, les assassinats, tout cela est à nous et pour nous. Non, je ne m'attache à rien de ce que me propose le hasard : ni l'argent, ni les êtres, ni les idées, ni les choses. Je ne me sens guère solidaire de tout ce qu'il peut m'arriver de faire. Mais quel bonheur d'être au moins ici pour faire n'importe quoi !

Les choses me sont indifférentes, leur spectacle me fascine. Voilà un monde qui m'est bien égal et que j'aime avec passion. Cynique, superficiel, changeant, c'est vrai, les larmes me montent parfois aux yeux, c'est ridicule, quand le soleil se couche et parce qu'il fait très doux. J'aime tout cela dont je me moque, les gens, les événements,

les objets, les croyances. Merci de m'avoir fait
naître dans un monde qui s'offre à moi.

Et ce ne sont pas des justifications que j'irai lui
demander comme un comptable. Je ne chercherai
ni à avoir raison, ni à savoir, ni à commander. La
destination du voyage, le nom des pilotes, le sens
et le pourquoi des choses me restent prodigieusement indifférents. J'ouvre seulement les yeux
pour voir défiler le temps, les nuages, les passions
des autres. Il me vient presque à l'idée que je ne
mourrai jamais puisque j'ai vécu. Salut à l'immortalité. Salut au temps qui passe. Salut à tous
les échecs. Salut à l'amour fou, au désespoir, aux
défaites. Salut au soleil. Salut au soir qui tombe.
Salut au jour de ma mort qui viendra bien aussi.
Salut à l'indifférence, aux prisons, à la révolution
qui commence. Salut. Salut. Salut. Salut à tout.
Salut à rien. Salut à MOI, à RIEN. Il y a un certain
bonheur et un certain néant, un soleil implacable,
un vide et une ardeur qui me font tourner la tête.
Et je crie. Que la vie est très belle et que le monde
me plaît. Que la lumière est claire et qu'elle fait
bien son office. Que la terre gèle en hiver parce
qu'il fait froid et qu'il le faut, mais qu'il ne lui
viendrait pas à l'idée de se le permettre au
printemps. Et je me bénis d'être au monde. Et je
me dis que peut-être, moi aussi, je découvrirai des
cieux.

DU MÊME AUTEUR

Aux Éditions Gallimard

LA GLOIRE DE L'EMPIRE.

AU PLAISIR DE DIEU.

AU REVOIR ET MERCI.

LE VAGABOND QUI PASSE SOUS UNE OMBRELLE
TROUÉE.

DIEU, SA VIE, SON ŒUVRE.

En collection Folio

DU CÔTÉ DE CHEZ JEAN.

UN AMOUR POUR RIEN.

Aux Éditions Julliard

L'AMOUR EST UN PLAISIR.

LES ILLUSIONS DE LA MER.

Impression Bussière à Saint-Amand (Cher),
le 6 juillet 1983.
Dépôt légal : juillet 1983.
1er dépôt légal dans la collection : novembre 1978.
Numéro d'imprimeur : 2021.

ISBN 2-07-037065-8/Imprimé en France.